卢文丽诗选

卢文丽 著

上海三联书店

《礼》之由来
——代序

这是我的一部编年体诗集，也是我的个人心灵史。

书名和封面设计灵感，来自于今年金秋一次老家之行。

国庆期间，我回老家参加《荣归正东阳》一书的首发。这本首届世界东阳人发展大会的礼品书，由西泠印社出版社出版，记载了老家独特的人文美和浓浓的乡愁情，我应主办方之邀，为该书作了一个序——《且放白鹿青崖间》。其时，我心中正为自己这本进入一校的诗集而纠结：书名想了几个，还没最后确定，封面设计也未有着落。

首发仪式隆重而热烈，步入活动现场，不禁被迎面一幅巨大的深红色背景板所吸引：飞檐翘角，铜铃祥云，古典而大气。正中间，"礼致东阳"四个龙飞凤舞的汉仪手书，颇为传神，尤其是"礼"字最后一笔那豪气的上挑，出神入化，底部的射灯光柱恰好照在"礼"字上，极具视觉冲击力。

我眼前一亮，心中一动：这个出类拔萃、内涵丰富的"礼"，作我的新诗集书名不是挺好么？这宛若天成的背景板不正是我心目中的理想封面么？这一切，不正是故乡对我这个游子的美好馈赠么？

这真是，众里寻她千百度，猛一抬头，却在灯火辉煌处。

刹那间，一切都有了着落。仿佛是一种启示，一种神喻。

我是一株由南方的雨水、天空和梦幻孕育的诗歌植物。我的根在东阳，枝叶在杭州。

十六岁，在老家读高二时，我写下人生第一首诗《永恒的注目礼》。之后，我的文学创作和取得的成绩，无不与家乡、与我所生活的水土密切关联。

随着年龄的增长，我也渐渐发现，自己在无意识中其实也一直用诗歌和文章，向这个世界清晰地表明我的来历和出处，犹如一棵向上蓬勃生长的树木，不停地用枝干、叶片和果实，向天空和大地彰显着自己的来历和出处。

童年乡村的基因，西子湖水的滋养，赋予我源源不断的诗歌灵感，也构成了我诗歌的抒情基调。无论是徜徉村间田野，还是行吟西子湖畔，家乡山川大地，阳光雨露，孕育和滋养了我，我反馈给它们的，是无数犹如新雨一般闪烁着南方汉语光泽的诗句。

我始终认为，诗是有情世间的产物，是美的集成。诗是优雅、生动和飘逸，诗是自由、纯正和包容。

诗是音乐，是舞蹈，是湛蓝天空自由翱翔的飞鸟。诗是真理，是隐忍，是高山之巅慈悲精妙的雪莲。

诗是礼，是道，是法度，是生命向内的修行。

诗是爱，是暖，是宗教，是人类灵魂的良知。

诗是激越与柔情并重，明媚与执着同在，悲悯与感激共生。

诗，是巴金老人称之的"让人变得更善良一些"。

我很高兴此生能够遇见诗，而诗也遇见了我。写诗的过程，就是一个不断进化的过程。

这些年，我走过了很多路，遇到了很多事，见识了很多人，长了很多的见识，因之也对自己，有了更为清醒的认识。

诗歌使我不矫情，不趋时，不追逐，安静地笃守文学的本真，用植根于大地和雨水深处的语言，与大自然对话，与隐秘灵魂交流，坐看花开花落，望春风。

在此意义上，我认为诗歌是穿越尘世后的苍茫与宁静，是尊严被唤醒的丰沛与充盈，更是来自灵魂深处的澹泊与高贵，它传达出一个写作者最为核心的凝重——那是一种感恩，对生活，对爱，对生命自身。

吾对生活有情，生活报吾以诗。吾对故乡有情，故乡还吾一礼。

这本诗集，是献给故乡之礼，亲人之礼，更是献给读者之礼。

以金为礼，铜臭熏天。以花为礼，两天即蔫。以文为礼，意乱辞繁。以诗为礼，情深旨远。

礼轻情意重，嘤鸣求友声。

卢文丽

2017. 10. 28

目录

卷一　所有美好的事物都将翩然抵临 （2016—2017）

卷二 落雪天应该把话说白（2015）

卷三 我得到的如此之多 （2010—2014）

卷五　亲爱的火焰（2000—2003）

卷六 无与伦比的美景（1992—1999）

卷一

所有美好的事物都将
翩然抵临（2016—2017）

这人间的食粮

是织布女手中的梭子

向世界永恒奉献

既不追求亦不占有的光

——《人间的食粮》

我习惯于聆听雨声

我习惯于聆听雨声
如同聆听
大地深处的耳语

此刻，我像一株植物
明亮、洁净，雨水落处
墙的颜色渐渐加深

这属于我的恩泽
同样属于你
此刻，整个世界沐浴雨中
老屋的缝隙长出青草
某些未知事物
孕育成一条大河

我习惯于聆听雨声
如同聆听梦中发生的战争
文字不能打败历史
至少能把当下留住

2016．5．20

从来都没有多余的事物

从来都没有多余的事物

比如一本书

一块石头

一只结网的蜘蛛

一条通往森林的路

比如我和你

相识或不相识的灰烬

迟疑沉默的发光体

沿各自宿命运行的暗物质

我们如此平常

却又莫测神秘

彼此互相连接

又在睡梦中孤独

从来都没有多余的事物

万物去向该去的地方

就像雨水轻轻落上屋顶

将我们的年龄与深爱的死者拉近

2016. 5. 27

美　　　闪亮

克服了时间

她是永恒的

新娘

2016．5．28

拥抱

我拥抱世界
世界也拥抱我

我拥抱心爱的百合
也拥抱镶着银边的闪电
2016. 6. 1

空与有

无论多么的空
亦不会有真正的空
在看似空空的世间
隐匿看不见的有
如同空这个字
仿佛雨后之彩虹

无论多么的有
亦不会有真正的有
在看似富有的世间
隐匿看不见的空
如同有这个字
仿佛水中之明月

如是
在通往空之境地
你便有了依据
在追求有之长途
你便产生虚空
2016. 6. 2

百里荷花

芳菲在此，在田涧
在水涯，在古诗词
翻开的首页
一抹纯粹的宁馨
于如雨蝉声中脱颖

你的欢颜似酒，似歌
似古老华美的灯盏
斟满欲饮的深情
深深一嗅，激起澹澹烟波

便想与你采莲，与你濯泉
共赴前世之约
羁旅的人
倾心合掌，徜徉复徜徉

芳菲在此，在眉间，在心头
在莲乡女子的足尖
迎风而蹈，灼灼若焰
在浪迹的长途，与我策马同行

2016．6．8

时间

它的体内

走着远与近

古与今

秘密与仇恨

光荣与梦想

走着冷却的血

炙热的冰

咔咔作响的死者的骨头

它从不占有什么

像一条永无止境的河

所到之处

让风送出花香

让爱消失或留下

一切仿若羊群

被一根看不见的鞭子

朝结局赶

它的面前没有真正的观众

2016．6．12

人间的食粮

听雨的日子总是富足
琴声如诉
于水草茂密处升起
大片鸟鸣笼罩看不见的屋顶

不必插花，亦不必焚香
只需静静独处
早年的细节就会成群降临

这人间的食粮
是织布女手中的梭子
向世界永恒奉献
既不追求亦不占有的光

珍珠。翡翠。红珊瑚
水晶。玛瑙。青金石
怎抵得上
一滴活色生香的雨

雨过天青
我知道这个颜色
由一位叫柴荣的祖先命名
2016．6．18

10

树的宣言

你可以拿走这皮囊，这色彩

这世间

繁华而荒凉的一切

却无法拿走

我心底一年一度的热爱

一点儿秋天已经伤害不了我

2016. 6. 22

澄明

它舞动，以流水的表情
与生俱来的线条
比鸟更迅捷
遥远的雷声恍若祈祷

它舞动，以火焰的姿态
旷野唯一的微光
比梦更清晰
受难的沉思者返回自身

它舞动，以灵魂的诉求
世间
一切可见或不可见之物

起初是执著
那外在的束缚
最后是自在
那内心的澄明

2016．7．1

夜樱

仿佛黑夜之神

血管里淌出的色彩

牵动海底汹涌的神经

浅色的颤动的火

孤独的琴声触摸远方

海中的灯塔

慰藉浪迹者的眼眸

我经过你

听到了夜莺

2016．7．7

雨之光

一

雨来自遥远
像神秘的信使
夜空中闪亮的星

二

雨是透明的沙
沙是凝固的雨

三

雨的抵达充满秩序
像字里行间的排列
音符之间的生成
色彩的累积与变化

四

这些细微的结晶
自然天成
仿佛尘世中的你
携着自身的脆弱与不完美

五

每一滴落下的雨

都似曾相识

像一个秘密

一句叮咛

一个擦肩而过的背影

六

清晨，鸟的歌声

像被牛毛细雨洗过

像一道山泉

一阵早年拂过脸颊的风

一首从火焰中救下的诗篇

七

鸟和雨

在清晨歌唱

一个独唱

一个伴奏

像一对街头卖艺的好搭档

八

透明的火焰

并不意味着沉降

以沉默的一生之水

供养着根系

九

傍晚。雨止

蛙鸣漫天世界

蛙鸣与花朵的绽放又有什么两样呢

十

当一滴雨

孑然一身地光临

你不能说它一无所有

你不能说它两手空空

十一

雨的意义还在于

让你学会接受

理解和欣赏

生活中的模糊之处

就像雨本身那样

十二

你喜欢聆听冬日山间

大雪压竹的声音

那是雨的显灵

雪的重量

属于灵魂的寂静之声

十三

雨落入湖中

像水回到水里

雨说

我的漂泊是一场返乡的旅程

我在多年以后到来了

2016. 7. 15

星星

每当悲伤或欢喜
我总会抬头
寻找众星之中
最亮的那颗星

它看上去很小
好像地球上的蚂蚁
当我与它对视
好像它也有话要说

一年年
它几乎凝滞不动
像大海上的航标
黑色穹顶下
一句深情的祈祷

当我在书房与卧室
之间，走动或呼吸
我知道它像我一样活着
与昼夜交换忍耐与睡眠

我们默然凝望

像一粒微尘叮嘱另一粒

它忽然深沉地亮了一下

因为我目光的重量

2016.7.18

夏天已走了大半

阳光把一切变薄

树叶发出脆响

岩石裸露无遗

世界静若水滴

夏天已走了大半

花朵潜入泥土

顺从它们的命运

杭白菊在杯中舞蹈

像一部明亮的歌剧

你翻阅着一本泛黄的书

那些早年被忽略的字句

像失散的大雁从秋天飞回

2016．7．29

每个季节都有该做的事情

太阳似灼人果实

悬铃木在道旁默立

锯子歌唱着森林

雏菊在傍晚松了口气

躁动的永远躁动

缺席的依然缺席

星星在山谷上闪烁

想说的话依然藏在心底

每个季节都有该做的事情

就像你

一言不发地把水烧开

把纸铺平

静候万里之外的鸟群

时光从未走到尽头

雨总会如期而至

盲者在风暴中起舞

所有幸存之物都将重新获得辨认

2016．8．1

赞美诗

此刻，微光复苏
暗淡的林间
消逝的音符再度起飞

我听见雷声滚过山顶
烘托夜莺
似向晚的苔色遍布记忆

啊，沉默的人
是什么让你凝神屏息
等候天边那颗启明星缓缓升起

此刻，我享受一滴雨的宁静
它的丰盈与自足
大于宇宙中任何一个星系

2016. 8. 2

世界

一滴雨落在窗前
像我的个性
倔强、孤傲
对一切充满怀疑

这么多年过去
多少颗行星诞生又陨灭

唯有你依然蓬勃、新鲜
这小小的微观世界
与进化了的我多么相似
2016. 8. 8

俯仰

闪电划破天幕
雷声和暴雨
像猎人手中的号角与长矛

雨打在木槿花上
打在银杏树上
打在丝瓜花和南瓜花上
打在我新栽种的草坪上

我逃进屋
像躲进树洞的知了
透过玻璃打量外面
倚着黑夜的舷窗
眺望日渐浓稠的世界

它们在大雨中俯仰
叶片发出愉悦声响
像一个个发光体
乘着雨水的翅膀
如同祖祖辈辈那样

此刻我在纸上写诗

暴雨中的植物

依然在眼前闪闪发亮

一阵古老钟声

使幽暗的村庄顿时明亮

2016. 8. 8

幸存者

太阳垂下眼帘
湖水重归安恬
多少英雄美女
轻若一根鸟羽

月光如水流淌
焰火点燃森林
黑夜像一块披肩
轻轻从枝头落下

我仍将
一次次回到这里
关于你
我有着许多回忆

即使周围的一切
已被反复修改
路两旁的歪脖子梧桐
依然能认出我来

26

当我经过你

如同经过漫长一生

此刻万籁俱寂

河水泠泠作响

多少人活着

已在多年前死去

我是那个剩下

2016. 8. 22

鸟鸣

晨光像一面玻璃
万物被刷上绿漆

大海在远处澎湃
知了依旧支配夏季

这是复活节的旋律
还是万圣节的哀歌

夏天即将结束
该发生的依旧没有发生

临窗远眺的人
体内的荷尔蒙已渐渐平息

那将她唤醒又催眠的
是同一滴鸟鸣

2016. 8. 23

取暖

下雨的日子我常常写诗
像守财奴迷恋金币的音色
每一滴都是上天馈赠
除了俯首捡拾
我想不出更好的办法

这件事与生俱来
与生活中任何一件细小之事
并无二致，比如望天
锄草或煮粥什么的
都能让我体会独处的乐趣

雨点辽阔悠远，无边无际
黄昏的地平线一片安宁
象牙一般纯正的孤独
催开花朵、鸟鸣
和冰层下吱吱叫唤的河流

下雨的日子我常常写诗
就像冬天降临

为炉膛添上几块松木

这一生我们将靠自己取暖

只要写诗光明就会汹涌而至

2016．8．27

聆听

当我不带任何动机地
聆听一滴雨
那滴雨便走向我

似清凉寺的钟声
一阵模糊低语
黑白电影画面
一个被放大的拥抱

所有的知识袒露贫瘠
从最初的炫技
到最后的堆叠

当我不带任何动机地
聆听一滴雨
我比任何时候更接近自己

2016. 9. 17

永恒

入秋的傍晚有些凉意
琴声如诉
大片芦花笼罩看不见的屋顶

秋天了
美德开始凋零
泪水重返大海
思想像剪去的指甲
重新长出

我提着风灯
在暗下来的园子里
捡拾松果
月光、星星和萤火虫
映着平静的脸

当我明白
美之不可挽留
便不再害怕失去

像一滴迎风起舞的雨

承载天空和大地的意志

意念一闪

便是永恒

2016. 9. 22

失踪者

一场过去的雨
下在今夜
像一个失踪者
一本打开已久的书

凌乱、模糊的街景
踮起的足尖
一尾鱼在水中拼命延长呼吸

并且
顺着树的根须
奔向大海
那唯一永恒的泉源

雨下了又下
草长了又长
像我把一首诗
在纸上改了又改

这潮湿合乎命运的记忆

将在季节的另一个转角

回来找我

如同寻找另一滴雨

2016．9．25

黑暗房间里的明灯

我的房屋由雨水编织
四周绿荫葱茏，人迹罕至
从早到晚
都有树叶窃窃私语

这是我付出昂贵代价
换取的空间
除了自己
我不再要求更多

我住在里面
像一只老式钟表
缓慢、宁静
对世界一无所知

夜幕降临
雨水似流星滑过
沉默富足的海洋
将层层庙宇推向山腰

我记得，十六年前
西藏哲蚌寺喇嘛取的藏名
他说，曲珍的意思
就是黑暗房间里的明灯
2016. 9. 27

黄昏

黄昏如此美丽
雨水欲言又止
一泓清泉
漫过无人造访的山林

大海带走一切
浪花宛如片片刀刃
我梳理自己
像婴儿梳理最初的啼鸣

那超然于日常的玫瑰
依然在风中闪烁
恰似夜晚笔尖孤寂的滑行

呵，那一马平川的奔驰
呵，那一马平川的荒凉

而你心怀使命的漂泊者
归宿终是脚下的路

雨停了

放学的孩子就要返巢

我将升起炊烟

迎接他们被雨水打湿的裤脚

2016．9．28

安魂曲

请允许我写一首雨水之诗
在这个雨季即将过去之时
风在悬崖盘旋
一只鸽子披着白霜起飞

这狂野的一生我从未狂野
在现实与梦想之间
播下小麦，收获玉米

雨水将一切过得多么匆促！
远方之远一片苍茫
尘埃一样上升的人间
倾圮的酒杯已空空荡荡

而我依然怀恋雨水
如同怀恋某种不确定之物
洋溢着生之愉悦
死之眷恋

这是我所能觉察的荒凉

当一个人聆听雨声
所有射出去的箭
都会回到自己身上

请允许我写一首雨水之诗
在这微凉的薄暮时分
这首无以名状的安魂曲
献给同样已是老年的你
2016．10．1

谜底

直到此刻我才将你打量
身上的眼睛
像愈合的伤口

一年年，你的叶片
由绿转黄，由黄转红
使出浑身解数
为飞来飞去的鸟
点亮善良的灯笼

你站在自己的影子里
像一个即将揭晓的谜底
脚上的镣铐发着光
在这繁华世间
你把自己活得多么孤独

我多想抱一抱你
就像抱抱我自己

2016．10．21

42

礼物

我要用笨拙的双手
为你赶制一件礼物

我要献给你
雨水和树枝
月亮编织的指环

我要献给你
谜语和陶罐
火焰亲吻的荆冠

我要献给你
微风
一缕缓缓降临的
与生俱来的神秘

现在
请收下吧
这些你所赠予我的一切
只有你知道
这些年
一个叫小红帽的孩子
在森林里走了那么久

2016.10.22

如初

到了秋天总会有一场等候
像等候一个迟迟未到的人

思念的潮汐再次涌动
托起午夜飘泊的灵魂

到处都是苍茫的雾霭
寂静山谷已迫近黄昏

你芬芳的枝桠烂漫如初
似激流淌过黑色的礁石

看不见的事物赋予你永恒纯真
你是人类不配拥有的美好部分
2016. 11. 7

致台北故宫的一件南宋官窑

似醒非醒，你天青的色泽
光洁如玉
陨石一般的静力
打动浪迹者黯淡的心

似黑夜流淌的清澈
斟满欲语的孤寂
一只蝴蝶蓦然起飞
地球另一端
谁的心微微疼痛

你曾是来自土的
素坯犹带前朝的矜持
将光阴晕染，铅华滤尽
绣花针落地的素馨
渴望一种怎样的聆听

你曾是来自火的
釉彩洋溢旷世的飘逸
浴火重生，花开如冕
萃取世间的不羁风雨
孕育一场怎样的窑变

是谁安排了我们相遇

隔着玻璃，隔着踉跄

彼此细细端详

犹如打量一位失散多年的人

是什么缘故

竟让我泪如泉涌

犹如面对自己的前身

2016. 12

微光

那只大清早在窗口唱歌又骤然飞走的是什么鸟呢？

它是在赞美自己蒲公英般的羽翼抑或内心那穿越千山万水的爱情？

倘若它知晓白色纱窗后静静的耳朵它的音色是否会愈加可爱、动听？

微光中，聆听者心头弥漫的乐章与被它金子般的歌喉吸引来的朝霞一般璀璨、深情。

2017．1．17

空寂

冬天的无患子树看上去比夏天冷静
正如进入腊月的茶花笑靥出奇姣好
山道上，背翅缓步的白尾雀有着哲人气度
空中缓缓飘过的白云像旷野上投射的俳句

冬天，万物遵循自己的法度
迟桂花依然吐露清冽的心曲
谦虚、内向的栾树以落叶护卫根部
它叮当作响的灯笼早已为飞鸟记取

冬天，诗人返回桌前
在大雪到来前
倾听草间弥生的旋律像最后的蟋蟀
遁入空寂

2017. 1. 19

48

大寒

林中鸟返雀巢
山涧雁渡寒潭

冰层最厚瞬间
触动回暖意念

枯坐者稳定到老
浪迹者已赤足半生

最冷的季节已经到来
万物被看不见的事物牵引

山崖上，鹰隼的目光疾如闪电
一只毛茸茸的小鸡雕啄春天坚硬的
蛋壳

2017．1．20

49

翩跹

南山路迎来年节前的空旷
香樟树枝叶纷垂复归安恬

钟楼上铜铃声似鸥鹭翩跹
此处止歇，又从彼处扬起

沏茶的仁聪法师颜值高水平也好
寺院内英文注解均系他苦心翻译

济公殿前运木神井滋养普罗众生
美术馆内犍陀罗佛像展宝相庄严

拾级而上，光线晃眼如赶赴仙界
幸亏有一缕梅香牵绊住肉体凡胎

西子湖雷峰塔夕照山恍若旧友
在释迦殿前眺望一切淡如烟水

蓝天下朵朵白云是谁寄的锦书
湖面上澹澹烟波恰似一往深情

出净慈寺不见林子方杨万里接天莲叶
山门旁净莲居一碗素面慰藉整个冬天
2017. 1. 21

朗诵会

寒冷使你们聚在一起

似一群越冬的鸟

朗到动情处

何妨拎住自己的头发飞得再高些

帝王在脂粉中南巡

过客犹忆昔年种柳

孤舟于诗词里远征

运沙船在雕花窗外突突

河水似一张泛黄宣纸

桨声灯影是时光拧紧的发条橙

拱桥上

反光板打出撑伞的旗袍女

和一名五四装扮的围脖男

想到一年将尽

诗人的嗓门又提高几个分贝

河里的鱼儿摇摇尾巴
吐了两个泡泡
2017．1．23

除夕

千山鸟飞绝，喧嚣复归岑寂
四季另起一章，重返飘泊时序

旧符换作新桃，厨房传来革命
青菜芥菜生菜在地里静静生长

隔壁邻居家檐下的酱肉
像一个个古老的哲学命题

春雪尚在途中
去湖心亭的舟还在梦里

山道逶迤，有蜡梅峭然冷对
老树枝头，太阳偶尔露个小脸

这庄严的仁慈之光
苟日新，日日新，又日新

此刻，小院散发年夜饭的香气
那些围炉守岁忆及的往事
又将被春风一一提起

2017．1．27

爱　　　水晶灯下
　　　　一盆鲷鱼刺身
　　　　端了上来

　　　　晶莹的肉片
　　　　像灰色的花瓣
　　　　充满了仪式感

　　　　它甩着尾巴
　　　　好像仍在水中
　　　　一把多快的刀才能呈现这样的美

　　　　它凝视你
　　　　带着空空的肉身
　　　　依然完整的首尾
　　　　在红花绿叶旁
　　　　嘴唇翕动

　　　　一双沾满芥末的筷子
　　　　体面地伸向它
　　　　它腮边的心脏停止跳动

2017．2．4

55

活着

冬天锈迹斑斑的雨水让你活着

一丝比风还要细的鸟鸣让你

活着。比冥王星上的岩石还要

冰冷的寂静让你活着

墙根下，那只怀孕的流浪猫让你活着

一张裂痕处处的榆木小桌

和桌上散乱的稿纸让你活着

此刻，从你所在的阳台望去

那株高过三楼、立春后绽出新芽的

含笑树让你活着

2017．2．5

伊始

春天继续用雨水麻醉花朵

天空继续用晨曦麻醉公鸡

河流继续用大海麻醉鱼群

远方继续用微风麻醉鸟鸣

锅灶继续用火苗麻醉日常

星移斗转

用文字麻醉自己的人

扶桌而立

他肩上越积越重的暮色

像洇开的墨汁再也无法收拾

2017. 2. 5

所有美好的事物都将翩然抵临

这阵飘忽的风温柔又疲惫
像风尘仆仆的行者历经长途

它吹过低矮的屋檐和王侯的高墙
让天井废弃的柱础长出养眼青苔

它唤醒做梦的耳朵，地下的荠菜
让家家户户，小窗灯明，沐汤燃香

它的衣袍宽大，沉静舒展，所到之处
万物像一件件被细细擦亮的银器

它给迟迟未雪的南方捎来一枝红梅
命令樱花桃花杏花梨花们加紧排练

用不了多久一场永恒的盛典即将来临
大地燃烧的歌声让人类今夜无法入眠

它带着似曾相识的气息也吹过你
让你双目微闭，心头滑落两滴鸟鸣

念及物华天宝，斯世足堪留恋
所有美好的事物都将翩然抵临

2017．2．7

58

樱花树

樱花树的身体里

一定装着一只闹钟吧

要不然，每年它怎么都会

这么准时地开花呢？

2017. 4. 2

魔镜

她从魔镜中

看到了自己

一个女孩抱着鲜花

走在铺满荆棘的路上

2017. 4. 2

在小黑箐跳蹢脚舞

音乐来自地底
来自一个黑色部落
由彝人的鼓与笛制造

美女峰下，彩裙飞飏
长号已在山间炸响
抽旱烟的老阿妈
为小宇宙点火

来，让我们跳一曲蹢脚舞
把自己晾晒在阳光下
像这里世世代代人们那样
就这样手牵着手，脚步安详
世上还有什么值得趋之若鹜

我们的力量来自单纯
来自神的旨意
就这样手牵着手
感受人这个字的涵义
像一声鸟鸣召唤另一声

一颗星点亮另一颗
像仰韶时期彩陶罐上的人儿
歌舞吟咏在山涧水涯

就这样相知相遇
像尘与土一样难以分离
让时间侧身而过
孤独四面楚歌
让美形成漩涡
跳出五谷丰登，六畜兴旺
一幅从远古流传下来的图腾

来，让我们跳一曲蹢脚舞
带着伤痕累累的美丽
像撒欢的牛羊穿越生死宿命
追寻山巅不息的篝火
就这样与万物同步
不再有单独的衰老与死亡

五月，到小黑箐跳蹢脚舞的
都是妈妈的好女儿
都是妈妈的好儿子

2017. 5. 29 于四川大凉山

万人药根宴

幽蓝色天幕点亮钟鼓楼灯火
紫红色三角梅似金沙江蔓延

惠风和畅，皓月朗照
今夜，满城尽飘药根香
四方的来客把酒临风
迎接一场盛宴
在慈悲中治愈乡愁

端午粽子飘香，抓酥包子蒸腾
鸡火丝饵芬芳，羊肉米线诱人
秦砖汉瓦
怎比得上一夜笙歌
三碗过后尽开颜

七点一过，满街人影幢幢
游百病的脚步如雨丝
骤洒青石板巷
蔓延成天上的街市

城门上，匆匆过客头顶星光

缓步徘徊

在属于诗人的节日

聆听银河深处龙舟的桨声

似白鸽的翅膀击打暗下去的山峦

2017．5．30 于会理古城

父亲节

老爸在五云山上疗养
中午我去看他
老爸请我四菜一汤
享受一回老干部待遇

"这是我家老大！"
每当陌生人微笑问询
老爸总是嘹亮地回答

饭后去屋里聊天
墙上挂着未完工的山水
老爸说他已画了两天
赞叹怎么画得这么好
老爸害羞地摆一摆手

老爸军人出身
对我这个长女
要求更是严厉
他曾给我下达命令
带领弟弟妹妹走路

要像解放军叔叔那样

三人排成一列

去部队食堂打开水

一人拎四把水瓶

那时我爱看课外书

每次都像做贼

一听到老爸鞋后的铁掌

立马吓得魂飞魄散

有次我边切鸡食

边看《小布头奇遇记》

不慎切着小拇指

顿时血流如注

吓得忘了疼痛

自己胡乱包扎

也不敢向老爸交代实情

从小到大

我从未在老爸怀里撒过娇

弟弟妹妹们想必一样

在军人面前撒娇

下场就跟秋风扫落叶一样

这点我们都懂的

退休后老爸成了画家
这事儿谁都没有料到
自从跟梅兰竹菊打上交道
他的心变得柔软
人也越来越年轻
艺术使人年轻
这话还真不假

因为老爸的高压
我们家诞生了一个女诗人
一个法兰西财政部女监察官
一个 IT 专家和心理学男神
哦，我亲爱的老爸
这真是一个奇迹

每年临近岁末
老爸都会画几幅挂历
供孩子们挑选
这时他就在一旁得意逡巡
如同士兵检阅着他的大好江山

2017．6．18 父亲节

离家五百里

秋天目光炯炯

秋天像一只鹰隼

翅膀与风的摩擦声

像放大的无线电波

秋天一望无垠

亚细亚的孤儿

已离家五百里

2017. 8. 31

不知名的树

它站在那儿
开满黄色的花

风从背后使劲吹着它
啊，四面八方的秋天到来了

2017．8．31

词语

水面掠过的风
风中吟唱的鸟

洁白的稿纸
缤纷的落叶

像一个音符
邂逅另一个

像我邂逅你

2017. 9. 7

鼓声

秋天的鼓声从地底长出

像一篇檄文

一场没有输赢的战争

看到大地上彷徨的生者

秋天的鼓声

忍不住催得又紧了一些

2017．9．7

短句

此生迅速消逝
恰似钟声掠过湖面

2017．9．10

爱和分享才是最根本的治愈

—— 在2017韩中日诗人大会『治愈』分会场上的发言

今天我们三国诗人坐在这里
谈论治愈这个话题
这个词起源于日本
喻示着舒畅与平静
它首先是个医学用词
小时候，我养的小白兔伤了腿
我给它抹上药
缠上纱布，几天后它的腿好了
我治愈了小白兔
我把这个故事写成了作文

然而，治愈身体容易
治愈人类心灵的创伤却不易
比如，我妹妹小时候被寄养在奶妈家
奶妈把奶水给自己儿子吃光了
挨饿的妹妹长大后对食物十分敏感
比如，我的外公和外婆在"文革"
中受的折磨
再比如，三年前我随中国作家代表
团前往波兰
参观奥斯维辛集中营和焚尸炉
难以想象集中营幸存者的心理创伤
又该如何治愈

但人们还是想方设法地疗伤

因为文学天生具有疗伤功能

读诗和写诗也有治愈作用

治愈是一篇童话，一首诗，一部小说

我曾用一本诗集治愈我对家乡杭州
的眷恋

也曾用一部长篇治愈外婆离世后我
的痛楚

治愈属于医学，哲学，也属于心理学

治愈是一个梦想，一种追求，一个
隐喻

但是——

撑出来的病用饥饿疗法能治愈吗？

饿出来的病用大鱼大肉能治愈吗？

人的病神能治愈吗？

我不知道

因为我也走在用文字治愈自己的长
途之中

尽管我们相信

牙痛也会引发对人类未来的担忧

在当下

需要治愈的不仅仅是个体

创伤是全球性的

比如——

被导弹撕开的地球的伤口

被污染的大海

下不出蛋的海龟

回不到母河的大马哈鱼

哭泣的企鹅和北极熊

被游戏机操控的青少年

被泛滥的信息和新媒体淹没的现代人

被偏头痛折磨的邻居

被抑郁症困扰的同事

担心明天被炒鱿鱼的快递小哥

坐在我边上的翻译段晓虹小姐告诉我

作为一名九零后

她焦虑的是经济快速发展过程中的

社会问题

有的病可以治愈

有的病无法治愈

有的病不治而愈

治不治是我的问题

愈不愈是你的问题

本来能治愈的却治不愈是个问题

本来治不愈的如今治愈了更是个问题
问题摇身一变成了奇迹
在这纷繁世界
或许有个存在正窃笑着
一切难道都是他的游戏?
上帝如果病了,谁来治愈? 能治愈吗?
哦,这真的是一个谜

我们能被治愈吗?
我们能治愈他人吗?
我相信一句中国式的口号
——前途是光明的
道路是曲折的

今天我们三国诗人坐在这里
谈论治愈这个话题
这也是本次研讨的终极问题
这个问题说来话长,莫衷一是
但我们至少弄清楚一个问题
——当我们谈论诗,谈论个体
我们更要谈论爱
正如韩国诗人金南祚女士刚才给出
的答案:

对人类来说

除了时间和大自然

爱和分享才是最根本的治愈

2017. 9. 15 于韩国平昌

临津阁和平公园

黄色的风车在黄昏期待着风
像初恋的少女期待爱的嘴唇
蓝天上风筝追逐白云的韵脚
于群山两端抒写和平的诗句

军事分界线的傍晚安详恬静
泥土和牛粪味令人温暖遐想
放风筝的人，推婴儿车的人
缓缓走过，时间在一瞬放慢

以及撒欢的小狗和不确定的
鸟鸣，谈情说爱的人依偎着
聆听太阳慢慢落入了地平线
此刻大野苍茫万物静穆如斯

美丽的木槿依然年年在梦中开放
家园近在咫尺却又仿佛远在天边
晚霞中三尊伫立的图腾默默眺望
它们浑身的乡愁早已被岁月镂空

哦，清新的空气能够被分成两半么
翻卷的云彩能够被分成两半么
高亢悲凉的阿里郎能够被分成两半么
世间一切对峙莫不只是上帝手中的
游戏

黄色的风车在黄昏期待着风
像危险的蝴蝶在大海自由翩跹
草坡上，一个男人单膝跪地为一位
陌生女子拍照
你祈祷，这个圣洁的姿势将永远取
代射击的士兵

2017．10．4 中秋

＊临津阁和平公园，位于韩朝军事
分界线南端 7 公里处。

79

卷二

落雪天应该把话说白

（2015）

这孑然的美

只供孑然者品尝

——《散步》

绣球花

紫色的绣球花立在桌上
一团冷却的火
圆形小剧场
六月夜空中闪烁的星

它的花冠硕大
花瓣完整而密集
像被好心的画师细细勾勒
沉重、耽于自身的幻美

这没有香气的花
丰盈得令人忧愁
像是有一只看不见的手
将肉身置于虚空

它沉甸甸地压向我
饱含雨水的枝条
像一艘倾覆的船
一盏清洌的灯笼从古代被追杀至今

2015. 6. 6

晨曲

居家的妻子在厨房煎蛋
为不幸的婚姻准备早餐

早产的婴儿拉开了嗓门
明晃晃的哭声吞没鸟群

一个男人在黑暗中很响地刷牙
像是要把一生从喉咙里呕出

穿白色衣裤的人正打着太极
盘算着把一棵树玩弄于股掌

中年夫妇安详地在花园遛狗
他们的交配发生在上个世纪

演说家对着镜子操练手势
他将为人类带去信心

一位独居老太端着食物挪到垃圾箱旁
五只刚出生的猫咪仰起亮晶晶的脑袋

此刻

现在还是青年的人正沉湎梦乡

是的，他们感到了幸福

2015. 6. 8

故纸堆

这么多的春天
这么多的灰烬
这么多的玫瑰和剑影

你看到自己从前的模样
衣着和表情
荒凉而孤独的旅程
灯塔守夜人
习惯于用黑暗点亮自身

多亏它们你才走到现在
备受摧残的灵魂没有老得太快
面对这些发黄变脆的纸张
你像一个离家多年的人
突然见到了故乡

2015. 6. 12

一棵树

它站在那儿

比整个世界还要荒凉

雨落在身上

像冷却的铁

它依然记得

鸟的鸣叫

风的高蹈

它知道

一切终将到来

一切正如所愿

而心之所居

总是在看不见的地方

为此它觉得孤独与悲伤

也觉得欢喜与富足

根系朝地底又挺进了一寸

2015．6．20

宽恕

宽恕吧，冬天已经到来
世界落叶纷纷
荆棘刺向天空
淌下灰色的血

宽恕吧，鼹鼠正在筑巢
金蝉已经脱壳
蚂蚁的触角
刺探最后一丝风

宽恕吧，北方已经落雪
南方还在地震
世界同此凉热
宛如一碗薄粥

宽恕吧，眼泪与颤抖
掌声与匕首
就像屋檐下
一尾剖了膛的鱼
宽恕一枚钓钩

那被宽恕的一切
将从雨中绽放花朵

2015．6．23

胡公祠

沿历代碑碣朝觐你的山门
苍翠五峰似高僧一路护持
通往天门的路途有些陡峭
恰似命运预设的起承转合

五月的浩荡山风书写狂草
恰似散发披肩的隐者吟哦
一切随风而来又转瞬即逝
脚下的赤岩本是朵朵浪花

大殿前众生熙攘香火缭绕
解签师正襟危坐摆好阵势
自己的真经又有谁能解读
头顶上那方湛蓝就是天意

群峰间我看到童年的外婆
九十年前的八月十三庙会
樊梨花端坐台阁衣袂飘飘
盈盈笑靥恰似盛开的莲花

2015．6．27

微尘

你未盲的双眼看不到它
灵敏的手指触不着它

它是液态的
也是固态的
更多时候
你觉得它应该是气态的
像包裹于地球鸟卵外的大气

它朝下生长
坚硬如冰
柔软如泪
散佚似微尘
给予一切又夺走一切

大海载着水手
它的影子消逝得比雨水更快
2016. 6. 28

90

多出一秒

此刻正在下雨

并且下得很大

跟百年前一样下着

跟千年前一样下着

并不因今天这个日子而有所不同

并不因今天这个日子雨和雨之间有一丝出入

因此，多和少的计算并无意义

多一秒和少一秒的计算亦并无意义

多出的一秒不过是前一次或下一次的替补

要知道这个地球上并不会多出一秒如同多出一滴雨

因此，大雨中猛烈抖动的发光叶片跟亿万年前的鱼化石并无分别

因此，大雨之中你的寂静跟转动着的地球一样缓慢、致密而完整

2015. 7. 1

**灵
感**

一只蜘蛛

在雨后的松针间

结了一张亮闪闪的网

一个诗人正好路过

2015．7．1

大龙湫

飘飘何所似，天地一沙鸥。——杜甫

美
抑或为美而死
这无法拯救的呼啸
涉空而来
像一场雪崩
那样的白
仿佛空无一物
于绝壁之上脱胎
源源不断地抵达和消逝
深渊一般的爱情令人神往
你仰望它如同仰望一面直立的大海
忆起被荒废的人生禁不住热泪滚滚

2015．7．3

山水

此生有何意义
且看这一轴画卷
唐诗和宋词
怎抵一叶扁舟
几滴鸟鸣

这不设防的山水
大大方方
自自然然
该耸立的耸立
该撒欢的撒欢
自古及今

并且
顺着命运的走向
一咏三叹
风在水面写着草书
起承转合
恰似河底的卵石
早有定数

林间
一只白鹭披着黄昏起飞
明晃晃的翅翼摇落满世界静谧

2015．7．4

家园

你又回到这里

回到初始的家园

最后的栖居地

淡淡炊烟宛若弥撒

笔架山搁浅湮灭的理想

七星八斗包容被放逐的想象

你将在此安营扎寨

深居简出

听月落乌啼

看平沙落雁

将每一个霜降或春分

吟成长调或小令

把远山望成陶弘景挂袍的神武门

把桨橹听成谢灵运带花的木屐履

坐在桥头等候夜幕降临

像一个告老还乡的人

等候芙蓉、苍坡、岩头、蓬溪、鹤

盛、溪口、屿北、林坑

这些早年造访过的村落

像一盏盏亮起来的红灯笼

被唐诗一照

在水中映成了两个

2015．7．4

惟有柔美的事物让大海持续澎湃

披覆雨水行走楠溪江畔
湍急的音韵似一首古曲
漫不经心的风舔砥面颊
细弱虫鸣有若缕缕梵音

走在山中忘记光阴流逝
沙沙细雨撩拨万物神经
灵魂在纸页上窃窃私语
一草一木都是如此深情

峡谷水声好似迅捷马蹄
仿佛要去追赶整个雨季
险滩云雾都是命运点缀
千山万壑不过一道盆景

披覆雨水行走楠溪江畔
任凭风光一路牵绊脚步
一道激流侧身而过
呵，惟有柔美的事物让大海持续澎湃
2015．7．6

拥抱

一样的远山、溪流和照壁
一样的古树、南塘和窗棂

一样的台门、天井和卵石路
灶头暗色的铜饭罐
记忆中满满的米饭香

天窗漏下的缓慢侧光中
那个俯身添火的身影
去了何方

一缕栀子花香
像一个放大的拥抱
将苍老的孩子搂紧

2015. 7. 11

98

台风

你要等待我像等待一场台风
像一枚果实屈服地心引力

我将穿越千山万水抵达你
像一滴雨穿越漫漫长夜

我将为你奏响受难的弥撒
带给你再生之所与离别之地

你不必激动若大海
亦不必如墙角的蟋蟀

你要像海水中的礁石那样平静
像森林里走投无路的猎物
那样平静，并且眼含热泪

你要等待我像等待一场台风
这是你存在的唯一状态

我将踩着花豹般懒洋洋的步伐登陆
这气味，这眼神，这舞蹈
脱胎于尘世又超然于尘世
哦，颤抖吧，你将被我洗劫一空

2015．7．12

出梅

长着青苔的木门
被强光推开

庭院里
呈现出一种陌生生机

梅子尚在途中
比预想更耐人寻味的事物
正赶着马车
滚滚而来

今日出梅
你晒出悬挂了一季的衣裳
让它们
迎风飞舞

2015. 7. 13

旅程

我愿尝试一切可能
接近你，像接近
一颗四十八亿公里外的行星

带着骨灰飞向你
带着神的旨意
这场漫长流放
没有水，没有空气
黑暗啊黑暗我的光
寒冷啊寒冷我的火

隐约听到你的呼喊
潮汐一样逼近
将我从休眠中唤醒
带着嗖嗖作响的气流
穿过骨头抚摸你
我的渴望像尘埃闪闪发光

你来了
像一轮明月缓缓照临

101

带着你的环形山脉
那属于母性的原始之地

那一瞬
我见到你的脸
唯一的、亲切的脸
蓓蕾般赤裸的心
散发乳香的宁馨
在太阳系边缘
在宇宙迷宫里
2015. 7. 15

＊2015 年 7 月 15 日，美国 NASA
"新视野"号探测器，经过 9 年半的太空
穿梭，成功飞越冥王星，向地球传回冥
王星及其卫星的最新照片。

国清寺

自始至终
那种颜色越来越浓
灵魂的片刻假寐
散发沉香的气息

这丰饶与荒凉
始终被谁目睹

此刻
谁的星座正红烛高烧
一株出窍的隋梅
转化为写生者笔下的意境

自始至终
那种颜色越来越淡
你知道只要一睁眼
它就消失得比光更快

2015．7．20

103

隐身者

隐身者不再说话
在他栖身的洞穴
蝙蝠的粪便
像不知名的俳句击中诗人

没有人能够解读那些细节
比如，一个人渴望消失
雪霁后的大地
像一首无字之诗

隐身者不再出现
春天依然在山外徘徊
那铺天盖地的雪花
像一场呼号
更像一场宿醉

2015．7．28

使命

这些水古已有之
这些云也是
包括水天之间的飞鸟

傍晚的水色
有青金石的沉郁
好像一直在等待什么

你像一枚运行于
季节阔大钟盘上的秒针
运行于八月

湖水、山峦和天空
因你的注视而分外多情

黄昏完成了它的使命
山色愈发空濛
像一个把什么都想明白了的人

2015. 8. 2

美人

就像此刻
一抹淡淡夕阳
一帘斜斜柳丝
湖上的小舟
和划舟的人

就像此刻
湖面的颜色
湖底的水草
变幻的色调
似蓝田日暖

走在你的身边
内心浮现笙歌管弦
在你身旁坐下
依恋一波一波蔓延

那是你本具的光芒
攫取八月梦游者的灵魂

就像此刻

月亮倒映水面

岸边传来隐约人声

这丰富而撩人的景致

多么像一个美人

2015．8．5

中途

万物昏沉之际
始有凉风习习

酣眠的依然酣眠
嘶鸣的心有悲戚

星星孤光自照
月亮涨满潮汐

预言变成记忆
宫殿终作废墟

八月健步如飞
树上有秋声飘落

行到中途的人
坐在凉亭里

徐徐扇着风
望着天上的云
2015．8．8

骤雨

一曲急管弦繁

涉八荒之表
渡虚无之界

清泉浇濯
宁静绽放

细胞分裂
万物相连

无我之舟
载弱水三千
2015. 8. 11

七夕

意味着你必须孤独
意味着与万物同步

意味着你没有利用
另一个人来逃避孤独

意味着你既不喧哗
也不恐惧
单纯如河底之沙

意味着
你既像浇灌的花园
又像水流不绝的泉源

意味着你就是八月之光
奏响银河系泠泠的浪花
2015. 8. 20

110

秋分

风自唐朝来
一袭静止的缁衣
拂动了节气

海浪滚滚
驼铃声声
秋风心事重重
似有诸多不忍

木樨香似瀑布
一场年年上演的
没有输赢的战争

秋分
万物走向孤独
雨水缓缓落下
仿佛出土的铭文

渐渐幽暗的人
似一滴洇开的墨

凉风起天末
君子意如何

2015．9．23

如斯

钟声尚未敲响
银杏叶已然落下

流浪狗趴在殿前
迎候远道的旅人

亿万年前的古木横亘
似一道无法逾越的山门

大和尚的嗓音在厢房流淌
平静舒缓，并且始终如一

杯中的茶色
似苔痕上阶绿

步出大殿，你绛红色
的外套恰似一襟晚照

群山安卧，世界美如斯
2015. 11. 7

112

橘颂

从今后，断魂千里，夜夜岳阳楼。——
《满庭芳·汉上繁华》

向晚的水色有一丝微凉
芭蕉雨声似亭前激浪
君山的斑竹蒙上秋霜
典章楼榭若风卷残花

你凝神静伫湖边
盛装的黛衩从容安详
一只洞庭的白鹤
迁徙到西湖
月亮也垂涎你的美色

城已陷，人被掳，路迢远
从岳州到杭州
离乡的路比一阙词更长
一个弱女子一路护持
一个覆灭的朝代的贞洁

113

你本是《九歌》中的人物

一株遗世独立的橘

只忠于深秋的芦苇

飞扬起的洁白部分

你有个叫屈原的老乡

内心的忧伤比南宋冰裂纹更深

呵，疾风咏颂的篇章

墙上墨迹犹自酣畅

悲回的风在尘世游走

你朝湖水展开双臂

以一记灿烂的痛击

让西子湖的柳枝从此凝固

2015. 11. 22

　　*徐君宝，宋末岳州（今湖南岳阳）人。据《辍耕录》载：南宋亡时，徐君宝妻被元军掳至杭州，"其主数欲犯之，而终以计脱。"后被迫投池自尽，临死前，题《满庭芳》一词于壁上。

琴声

当他弹奏身体的琴
弹奏雨水、四季和光阴
整个世界开始歌唱
歌唱这舒缓又狂野的时刻

他弹奏着山山水水
一草一木
破晓时的银杏林
黄昏时的青草地

风从各个方向吹进
世界落叶纷纷
花朵抽蕊
银河闪烁
马蹄踏过成群的星光

他神情专注
琴声芬芳
时间滑过皮肤
一道彩虹出现天边

115

泪水顿时溢出

当她独自呆在黑夜
耳畔总有琴声涌动
像从两根弦上
奏出的同一个音
像她无法抹掉的记忆

2015. 12. 1

海滨之夜

那些海滨之夜
他像大鸟一样飞来
臂膀坚实
像一艘爱的小船

他们没有开灯
依偎成一树繁花
他的掌心温暖
仿佛午夜沙滩

他们默默无语
凝望深蓝色洋面
听敞开的窗外
海浪弹奏着忧伤竖琴

星星指引下
他用嘴唇整夜寻找她
像一个溺水的人
她把头搁在他的胸口

像两只土拨鼠

他们彼此慰藉

又像两座岛屿

遥望于汹涌的波涛

多少年过去了

小船依然行驶于大海

她听到他说

——向前开

航程永远不会结束

2015. 12. 5

十三章

一

他们的床单

比世上最复杂的地形图还要复杂

二

秋天

她打量深藏于谷仓的香草

想念一匹流落异乡的马

该有多么孤独

三

他的嘴唇有着风暴的气息

她一动不动，屏住呼吸

像一朵昙花臣服于子夜的力量

四

他在冰原饮水

像一头不知疲倦的熊

他们像一棵连根生长的树

又像两块紧紧咬合的大陆

五

在那里

寂静的水面被月光搅动

整夜传来鸟鸣和木轮碰撞的声音

他们热烈燃烧

像世上最高贵最卑微的草木那样熊

熊燃烧

六

他抱着她

像抱着一罐蜂蜜

她抱着他

像抱着另一罐蜂蜜

除了彼此吞噬

他们想不出更具体的事情

七

一轮明月从窗外照进

他们的皮肤

像上等的皮草熠熠发亮

除了在旷野中不停呼唤他们没有浪
费更多声音

八
他们在对方身上
发现了丧失已久的部分
如此放肆，如此无邪
像两朵洁白的云
超越了想象的终极的善

九
他捧着她的头
像进行某种古老仪式
他喊着她的小名
像一名忠实的男仆

他失魂落魄地呼喊
一个女婴开始显现
潮湿滚圆的四肢
浑身裹满金色糖浆
她被他重新生了出来

十

他们彼此挥霍

像两个穷光蛋

花光了积攒起来的最后一分钱

十一

当他离去时

她的心像一座空城

血管残留奔突蹄音

她知道她的疼痛是大地的疼痛

正如她的孤独是大地的孤独

十二

那个傍晚

下着大雪

她去车站送他

脚下粗硬的冰渣

磕着离别者的心

他坐在下铺

看上去神情肃穆

像一个十二月党人

静候站台弥漫的蒸汽

她哑着嗓子

交给他一袋零食

叮嘱他

到站之前全部吃完

十三

那一年他们坐船游湖

桨声吱呀

摇出蜜一样的江南

湖面波光粼粼

倒映雷峰塔影

展开的涟漪

将缠绵小曲荡漾

他们在苏堤上岸

捡岸边石凳小坐

看蜻蜓在湖面飞舞

小船慢慢驶离

微风送来净寺的钟声

悠远、静谧

清澈得令人忧伤

为了不让他看见流泪
她匆忙戴上墨镜

那时的他们
比现在年轻十五岁
那时他们正热烈相爱
2015. 12. 25

散步

雪霁时并不太冷

麻雀一只不剩

万物蒙上莫须有的品质

梦幻般银光闪闪

这里的黄昏静悄悄

不是荒凉

而是太过丰盛

花朵灌木勾着白边

香樟石楠长出触须

一切多么微妙并且像海

踩着松软积雪

你领会独自快乐的意义

心意明亮一如皑皑大地

啊，珍贵而幻美的存在！

蜿蜒的河流

云朵的形状

漫无边际的海岸线

生命流动恰似一片六角形雪花

转过曲径交叉的小道

地势渐渐升高

对面的五云山已白了头

仿佛神的居所

安详且始终如一

此刻有风来仪

树梢纷纷扬扬

有若蝴蝶翅膀轻颤

千万株麦穗齐声摇摆

宇宙间无数颗星体的交汇

归家的途中

一株凌霜的茶花

转过脸

冲你痴痴地笑

你想，这孑然的美

只供孑然者品尝

2015．12．27

落雪天应该把话说白

落雪天应该把话说白

像说出水面冻结的涟漪

梦中饲养的尖叫

说出眼中的钉

肉中的刺

生命中的石头与稗草

说出衰老与死亡

那些雪花一样扑面而来的

与之搏斗的微小事物

此刻，雪落江南

像精湛的鸟鸣落满前朝的胄甲

远山曲线饱满、铺张

这冷酷的性感

有若十方诸佛护佑的慈航

落雪天应该把话说白

否则你就浪费了整个冬天

亲爱的，是时候了

那些在漫长寂静中形成的深渊

你得用半个地球的雪去填

2015. 12. 29

127

圣诞前夜

那个遥远的圣诞前夜
一个戴红缨帽的女孩
流落在北方城市

大街上，结着冰
隔着橱窗
她与一头
粉红色小熊对视
一朵棉花糖般的云
认出她童年的面庞

一片六角形雪花
吻上她的眼睛
像一个突发事件
有着云和树一样的寂静
她听到天使的马车驶过村庄

多年以后
一位风烛残年的妇人
朝天空张开双臂

她的手指比花瓣温柔
那些生命中的重逢与告别
像驯鹿颈上的铃铛清脆回响
2015. 12. 30

一闪而过

日历翻到最后一页

像话终于说到尽头

河流露出底床

石头陷入冥想

新旧更替时分

磨砂玻璃外的街景

像被河水卷走的牲口或家具

分不清哪是上游

哪是下游

总之滚滚而来

总之影影绰绰

总之一闪而逝

像匕首或玫瑰

来不及捂紧的伤口

端坐发暗的礁石

你像一座废弃的灯塔

心中一无所有

四周一片汪洋

2015. 12. 31

卷三

我得到的如此之多
(2010—2014)

我得到的如此之多

丰盈的白昼和黑夜

丰盈的碎片和闪电

——《我得到的如此之多》

写给陌生人的信

我每天坐在这里
像一个病入膏肓的人
我知道我的病
因心中的爱而生

我希望我的病
早一点好
这样就不用承受
如此漫长的煎熬
我希望我的病
慢一点好
像个爱情中的患者
担心病好了
产生新的虚空

我像个织布女
编制着经经络络
又像一只蚕
被自己抽出的丝裹挟
更多时候
我像安徒生童话中
那位被施了咒语的姑娘

用手中的荆棘
为天鹅哥哥赶制羽翼
在大火到来前
将它们抛向空中

我时而忧伤，时而欣慰
默默无语，眼含热泪
沉浸于漫长的孤独
一天天
把阳光阻挡窗外

一天天，目睹江河日下
世事宛若汤煮
良知随夕阳远逝
在没有遇见你之前
我的病不能好

我每天坐在这里
不停地写
唯有你让我无怨无悔
以虚无抵抗永恒的虚无
2010．11

古典爱情

今夜我在幽暗中走读
将雨水串成迷离念珠

一幅流淌的水墨丹青
在法兰西灯光师调教下铺陈
多少人深陷其中
将陈年的羽毛一遍遍梳理

酱园米铺的传奇
渔舟唱晚的河埠
菱鲜蟹肥的鱼市
轻罗薄绸的欢情

从通州到杭州
哪一双焚香抚琴的素手
将雨丝风片箭矢一般弹奏

今夜我在幽暗中走读
从废墟寻觅古典爱情

一座拱桥横空出世
静泊为美轮美奂的悬疑
2012. 10. 31

铁佛寺

即使一切灰飞烟灭
你依然存在
飘逸的衣褶
似春天的激流
俯首苍茫的姿容
比圣母玛利亚动人

此时暮色已降
钟声将喧哗吹入沉寂
你螺髻上的光
是烈焰中脱颖的荆冠
晚祷的人
内心似骤雨狂奔

这倾颓岁月传承的美
结着苦涩和欢喜的果
涉九九八十一难
将齿缝间的真经嚼烂
哦，天堂的波萝蜜
哦，地狱的曼陀铃

即使一切灰飞烟灭

你依然存在

灿烂的，慈悲的

颤栗的，不朽的

以安详的手语提示：

微笑是这样练成的

2012. 11. 3

　　＊湖州铁佛寺，建于唐开元年间，内有铁观音造像一尊。"文革"时，因炼而不化，砸而不碎幸存。

现在让我们谈谈爱情

现在让我们谈谈爱情

像谈论一个朝代，一个谜

谈论锦瑟、百合或夜莺

宇宙中无法描述的事物

它具有流水的线条

青草的高度

冰与火的双重气质

它是个体的神秘镜像

生命中难以承受之相似

它是拂晓前的天空

日落时的投影

它是从未说出的部分

许多人活着

却从未遇见的部分

它是词语的变奏

字里行间的荒凉

幽居者的宫殿

比赞美诗更神圣

比墓志铭更久远

现在让我们谈谈爱情

像谈论一场早年下过的雨

一门濒临失传的手艺

一个比幸福更孤独的词

2012. 11. 7

生命的礼物

——致锦绣和子潮

它的来历是一种神秘

像蝴蝶翅膀震颤的序曲

穿越光阴和传奇

像良渚的玉器历久弥新

它的来历激发了想象

比秦时明月更珍稀

像清晨林间的鸟鸣

饱含泪水与感恩

生命的礼物

是宝石山上掌灯时分

一座书香弥漫的小屋

点亮比孤山更宁静的灵魂

让桂花一直一直蚀骨

让岩石一直一直歌唱

让河流一直一直生长

让晚霞托起一湖锦绣

没有什么比相爱更好的命运
没有什么比苦难更接近幸福
2012. 12

飞雪之中探望司马迁

车一过白鹿原
雪就下了起来
一路辙痕似历史的车轮

铁血的男儿立于旷野
大野荒凉
肩上的积雪
烘托了远山与河流

顺着雪泥鸿爪
寻访你静卧的高地
灰喜鹊在松枝上跳跃
雪一直下
似无边落木萧萧

雪在烧
雪像两千年前的冬夜
那样熊熊燃烧
一盏枯灯伴你独坐
你褴褛缁衣里的心

似月光下的雪地
上映轩辕，下照汉武
你骨骼中的钙含量是最高的

年复一年
你在大雪之中等待
北望李陵，心念苏武
从黑发到白头
你一直未能等到他们

但你知道必须活下去
真的勇士
并非壮烈地死
而是为某件事卑贱地活
你内心的苦痛
比司马坡的巨石沉郁

灰色的天空像一张宣纸
期待你继续书写
你手中的笔
似雪似镜似良知
似黄沙之中孤军奋战的将军
朝匈奴射出的五十万支箭镞

在你长眠的山脚

我买了一把糜做的扫帚

在江南凛冽的天宇下

日日拂拭

2012. 12. 12

歌谣

像打量一个人那样

打量那条路

看到一个孩子

正远远朝你走来

她走得很快

被风弄乱了头发

脚下的泥巴

也被她踢得飞了起来

你是谁，要去哪儿

你惊讶地捂住了嘴

她越走越近

像一道光收割着黑暗

从她肩后飘来的歌谣

正是你童年唱过的那首

2014. 3. 24

遗产

古老的石阶
被脚步和青苔磨薄

蝉声轰鸣
老人在廊檐下打盹
运沙船从窗前驶过
泛起数不清的断章

我想起一位帝王
一道圣旨成全一个奇迹
此去经年

到处都是水
到处都是浮沉
时间的船体已无法掉头
而岸又在何方

作为一个遗产
你依然活着
孤独，疲倦

怀着带霜的刺痛

一滴雨落上河面

你浑浊的双眼泛起早年的泪光

2014. 6. 25

立秋

日历刚翻到这页

天就下起了雨

仿佛电影里

一场恰到好处的布景

你想起一阵吹过田野的风

想起冷暖与盛衰

古代与现代

想起一些说过的话

一些死去的人

一些尚未还清的债

在雨水编织的缓慢网速中

将你围困

2014. 8. 8

白日焰火

点燃童年的水粉画
用一点点黑色粉末
用黄浦江八月的风
撒一次野
既然人生是一场梦
那就来点儿不一样的吧

他的梦是一场革命
来自福建的农民
对发明火药的帝国
完成一次祭奠
八分钟内掀起九级浪

瓷器碎裂
草木盛放
自由舞蹈的灵魂
摧毁规则与想象

这纯粹是另一种玫瑰
以时光脱釉的姿态呈现

有若死亡排演的豪华歌剧

当呼啸止息
写字楼重新探出
城市的阴霾
完美的爆破手
带着他的挽歌和慰藉
重返永恒孤寂
2014．8．12

漫游在克拉科夫广场

漫游在克拉科夫广场
风吹着我
像一阵模糊低语
中世纪的马车
从棋盘格的路面哒哒驶来
皇帝于漫长的昏迷中苏醒

密茨凯维奇的雕像上
停满了人
停满鸽子与笑声
喷泉像蓝色的火焰
在少年的弹拨乐中起飞
街角的咖啡香令人忧伤

这包罗万象的广场
也曾包罗骑士与诗人
降 B 大调与小美人鱼
他们自由自在
在此虚度光阴
脚下每一块石头都会翩翩起舞

圣母玛丽亚教堂内

正在进行晚祷

钟声像维斯瓦河荡漾

像一缕反光

照亮蓝色穹顶遍布的星系

漫游在克拉科夫广场

带着我的影子

直至暮色把一切吞噬

像上帝把手中的面包屑

一点一点

分给鸟雀和草坪

2014.8 月于波兰克拉科夫

致一尊雕塑

我们确信你是一位诗人

安宁的修士

忧郁的贵族

指间的鹅毛笔

随一种内在的力

指向大地

你的姿态平静

神情专注

青铜色长袍被岁月擦亮

跟草坪浑然一体

秋风吹动连绵树叶

那是你在树木的灵魂中漫步么

我们不知道你的身世

你的婚姻状况

生辰与忌日

短暂而漫长的一生中

爱过什么人

但我确信你的灵魂

曾经长时间接受锻打

抚摸过世界的蓝眼睛

依然充满泪水

当暝色四合

狩猎队从城堡开过

蟋蟀奏响古典序曲

你坐在月光下

像一首属于布达佩斯的

最悲伤的诗

只供花朵或石头聆听

2014.9 月于匈牙利布达佩斯

没有什么是属于你的

没有什么是属于你的
在这个世上
尽管这不是什么秘密
说出来却不太有人爱听

只有吹拂过你的风
淋湿过你的雨
亲吻过的唇
属于你

只有卡在喉咙的刺
曾经映入瞳孔的
另一双眼睛，以及
日渐衰老的躯体
属于你

至于记忆
哦，算了吧
有一天，连记忆也不存在了
你只是一个完整的影子
斜斜地
飘过雨水铺设的古老街巷
2014. 11. 7

155

迟桂花

你总在这个时刻到来
像一个诺言
一条大河
于微凉的风中逼近

仿佛几亿光年外的耳语
温柔而冷漠
剧烈而哀伤
像一种不肯死去的爱
遍布深夜的海

仿佛骨头里的音乐
写下的文字
湖面上的焰火
惟三面云山才懂

你总在这个时刻离去
像世界上
所有美好的事物
像大地或记忆的一部分
2014. 11. 11

我得到的如此之多

我得到的如此之多
给予的如此之少
丰盈的泪水和快乐
丰盈的雷声和闪电

我为成为今天的自己
感到庆幸
尽管对自己依然陌生
像一个农妇
我总是忙忙碌碌
我知道自己该干的活儿
偶尔仰起头
聆听雨水从天上飘落

我想说的如此之多
说出的如此之少
我并不因此觉得羞愧

尽管那些永不疲倦的星系
它们的旋转也并无多大意义
2014．12

卷四

我对美看得太久

(2007—2009)

一千年后的人呵
请记得代我问候
那只啄新泥的春燕
那只争暖树的早莺

——《苏堤春晓》

玉泉鱼跃

他说
我听不到你的声音
因为我在水中

她说
你能感觉你的美妙
因为你在我心中

他说
我触不到你的体温
因为我在水中

她说
我能感觉你的心跳
因为你在我心中

他说
我看不见你的眼睛
因为我在水中

她说
我能感觉你的泪水
因为你在我心中

161

他说

我多想

在爱着你的时候

死去

她说

爱是不即

亦是不离

2007. 2

＊玉泉鱼跃，位于岳庙之西，清西
湖十八景之一。该泉居西湖三大名泉
之首。

净慈寺

我要这样慢慢活着
一天天，像墙外的古樟
让阳光慢慢照在身上
变幻出无数玄妙手语
随香炉袅袅而升
安泊于大雄宝殿
琉璃的金顶

我要倾听四季的花
在空气中慢慢绽放
仿佛一尘不染的爱情
慢慢地想她们
降临尘世的缘由
慢慢地知道
等一个人到来
就是看一朵花凋谢

我要坐在湖边
看越飞越远的鸟
让灰绿色的水
晃得眯缝起眼睛
风吹过来
这已不是当年的风

163

吹过雷峰的塔影

吹过玉皇的白云

记忆像浮现的岛屿

慢慢地知道

落叶是一见如故的人

我将随着那轮夕阳

慢慢地降落，这个时候

我的身上会落下许多叶子

像一首首流光溢彩的诗

呵，这个时候

南屏晚钟也该敲响了

一阵温暖轻快的晕眩

像握紧的手指慢慢松开

一片灯火脱落

南朝四百八十寺

搁浅为山门前那道赭色投影

2007. 2

*原名永明禅院，在南屏山慧日峰下，为杭州著名古刹之一，距今已有一千余年历史。寺内除著名的五百罗汉堂外，另藏有古青铜大毗卢佛一尊，为国内罕见。

法相古樟

如果爱
可以是一棵树
我的存在
便是明证

一次次
雷电劈我
树身中空
春风又让我
衣袂尽绿
半梦半醒间
我的枝叶仿佛
占卜者的纸牌
于越来越稀薄
的光阴中浓郁

我依然记得
那缕旧时月色
你对我
说过的话
不断加深的暮色中
我的掌纹
浸透思念的青苔

关于爱

总是知道得越多

诉说得越少

今生今世

请让我爱到死

即使死去

我亦会成为

一只上好的樟木箱

带着千年余香

温暖你

你可要将我珍藏呵

不离不弃

2007.2

　　＊位于三台山东麓原法相寺旁。史
载系唐时所载，故称唐樟，为杭州树龄
最大的古香樟。

慕才亭

你的双手之间
没有留住才华
亦没有留住人

你只留住了
飞檐之上的荒草

夕阳是一阕
最动人的词
你口中
吐出的血

一群群鸟
停在你的身边
旁若无人地
观望你，议论你
而后
像负心的蹄声
碾过你

你依然梦见
你和他
在同一个梦中相会
草如茵，松如盖
风如裳，水如珮

167

盈盈山水间

他握着你的手

像握着水中的倒影

以及雪地上

狂奔而去的风

在饮酒和长歌后

是什么还在呼唤你

依然那么美

永远那么美

即使是一杯毒鸩

你愿再次痛饮

当一个男子

以沉默的形态

立在你面前

惟有熟悉的疼痛

提示你

他就是你

2007. 2

＊位于西泠桥畔，六角小亭，近临
水滨，内有南朝齐时钱塘名伎苏小小墓。

苏堤春晓

有人说，倘若两个人能够手牵手/从苏堤这头走到那头/便能一世在一起

期待在春天与你牵手
走过六桥与烟柳
满堤翠绿烟云一般弥漫
满堤桃红水雾一般洇开

锦带横卧，十里柳丝垂
一端系住了南屏
一端挽起了栖霞
湖畔春水似我的缠绵
湖畔飞花似你的柔情

桥上投来的目光
衬亮了迎春
这份全世界最美的艳羡
有着十指轻触的羞涩
燕子的翅膀斜斜的
心儿是枝头轻啼的黄鹂

我们将漫步长堤

闻一闻青草的气息

流苏飘曳丝路花雨

水鸟嘎地一声掠起

内心的宫殿跃上宣纸

脸颊腾起恰到好处的红云

我们将绕过草坪

捡临湖的石头小憩

透过桃红樱素

闲眺浑然天成的风景

任游鱼一遍遍亲吻脚踝

成为湖上最美的胜迹

我们将徜徉湖畔

看小舟荡出半世烟雨

将浮华堪尽

微风拂过，请闭上眼

聆听外西湖和里西湖

荡起欲言又止的涟漪

期待在春天与你牵手

走过心跳一般动人的

映波、锁澜、望山、压堤、东浦和
跨虹
在时间无涯的旷野
没有早一步，没有晚一步
2007.3

＊为西湖十景之首，南起南屏山麓，
北达栖霞岭下，全长近三公里。宋朝大
诗人苏轼任杭州知府时，主持疏浚西湖，
取湖泥葑草堆筑而成。

171

柳浪闻莺

风太轻了
梦一般捉不住
左拂一下右拂一下
一千年前的柳丝
也是这般撩人吗

雨太柔了
云一般飘忽着
左飘一阵右飘一阵
一千年前的柳丝
也是这般缠绵吗

绿太浓了
雾一般洇开来
左添一笔右添一笔
一千年前的柳丝
也是这般翠亮吗

青青柳丝长
谁将它描在心
便是一幅杨柳青
谁将它谱上曲
便是一段惜别离

青青柳丝长

拂过清波门的笛

拂过涌金门的舟

拂过净慈寺的钟

去赶桃花的汛期

而夜莺

便是柳丝上

冒出的芽

于云水光中

激起浅浅的吻

羁旅的人

无论走得多远

总被一根柳丝

绊住了梦

总被一声莺啼

勾去了魂

2007. 3

* 位于南山路，前身系南宋聚景园，为宋孝宗赵眘伺奉双亲（高宗、太后）游宴之处。

173

阮墩环碧

我住的翡翠岛有你的思念
那儿有属于你的春草、丁香和紫薇
四面水窗如染，烟波无际
琉璃色钟磬如莺声婉转
好似碧玉盘中一粒晶莹露滴

请于忆芸亭舍舟登岸
以常青藤为缆，萤火虫为灯
穿过红藕花中，莲叶田田
那扇缀满野花的竹篱前
是谁嫣然一笑，抛出心口的绣球

请趁午窗的绿波和衣而卧
静听云水居漏窗窃窃的笑
以青梅煮酒，白鹭濯梦
醉后不知斜阳向晚
桃花扇影浮起半世逍遥

请在环碧小筑栽一株玉兰
于海棠亭畔望尽乡愁

任低窗曲槛，半篙波暖

荡起淡淡偈语

流雪回风涂抹聚散鸿影

我住的翡翠岛有你的思念

那儿有属于你的芙蓉、桂子和幽兰

沙洲旷远，佳期如梦

请用最痴情的目光将我环抱

从上个七夕，到下个七夕

2007. 4

  *阮公墩始筑于1800年，系清代浙
江巡抚阮元疏浚西湖时所建。

三潭印月

如果你是虹
我愿是小瀛洲的柳
于彩霞的柔波里
守候青山绿水的宁馨
有你的地方
就是天堂

如果你是雨
我愿是波光中的莲
于纷繁的碧玉中
荡漾萍水相逢的涟漪
唇边的浅笑
比云更淡

如果你是风
我愿是九曲桥的橘
于唱晚的渔舟间
摇曳绿肥红瘦的相思
我的灯盏
是你泅渡的岸

如果你是雪

我愿是相映亭的梅

于如画的乾坤里

搁浅疏影横斜的暗香

与你灯如红豆

书叠青山

我在思念中不断消瘦

我在思念中不断充盈

我在思念中

变得越来越不像自己

如果你是月

我愿是辉映你的潭

如果我不写这首诗

谁写好呢

2007. 4

＊系西湖十景之一，与湖心亭、阮
公墩鼎足而立，合称"湖中三岛"。

梅林归鹤

梅花开了，一种简体
到繁体的过渡
如鹤顶上的红
漫过积雪虚掩的荒径

思绪似浓睡不褪的残酒
雪自葛岭来
众芳摇落
这是伊从遥远时空
带来的
冷冷的吻吗

孤独以一座山的仁慈
拯救你，年复一年
你是你自己的
另一种观察方式

如果你不孤独
天下无人孤独
如果你不幸福

178

天下无人幸福

寒夜的守望者
对着月光
狂恋上自己的倒影

十二月的江南多么漫长
梅花开了
从里西湖到外西湖
世界已少有去处
冷如灰烬的世间
是谁怀着暖雪似的热情
目光雪亮穿越
任一意孤行的爱
冷落满池风荷
宋代的空谷回旋起笛音

雪后初霁，西泠波光
雕琢出一个琼楼玉宇
那是你猝然抬起的衣袖
遮挡瘦弱的爱

鹤，你身边绕膝的子

梅，你心头朱砂的妻

2007．6

＊位于孤山东北坡放鹤亭。林和靖
（967—1028 年），北宋初年杭州人，隐
居孤山二十年，其梅妻鹤子之传说广为
人所知闻。

长桥公园

我曾长久地在你的气息中游荡

清波门外，净慈寺东

玉皇松岭环绕一泓碧波

傍晚时分

南屏的钟声漾起

一阵阵莼鲈之思

那个时候

我常常坐在这里

膝盖上搁一本书

就着平静湖水

看光线立于波纹舞蹈

水鸟的鸣叫

轻得无处依附

风吹动我墨色的长发

既像是安慰，又像是希冀

哦，我在那会儿多么爱你

爱你矮而常绿的山

岸边静静生长的树

爱你潮湿清新的空气

低处的杜鹃、海棠和紫薇

高处的枫杨、水杉和银杏

我爱你沉静忧郁的气质

还有春天来临时

碧空下赤裸的广玉兰

我更爱你秋天香透了骨头的桂花

我曾长久地在你的气息中游荡

你的浮云和烟柳

倒映天青的幻象

那些细小琐碎的往事

像张着翅膀的蜻蜓

空灵、倦怠而甜蜜

仿佛凝香居的木格窗

猛地一推

总是波光涟漪

总是回不来的眼睛

2007. 8

　　＊在西湖南山路南侧，景区内的长
桥是西湖三大情人桥之一，相传为古代
梁祝十八相送饯别之处。

九溪烟树

你总在我的寂寞中升起
如一缕青烟深入云际
放慢尘世颠沛的步履

我的心忽然感到无比安详
好像一下走过所有村庄
流过多少光年的幻境
有若千百度跋涉后
蓦然回首的讶异

我一无所有
只带着黯淡热情
总会有这样的时刻
被一朵花或一个眼神
击中,我的忧郁
自爱上你的瞬间开启

寻你,溯萋萋芳草而去
溯缥缈白云而去
多少个春天在长途丧失

183

惟有你照见我谜一样的本性
一种收不回的倾慕
温暖如风
如旧的唱片滑过蒙眬视听

那般遥远而年轻的绿
蓦然远飞，上升为快哉之风
目光之网撒开，清澈扑面而来
越过重重叠叠山
曲曲弯弯路
丁丁东东泉
高高下下树
不敢惊动树梢
那一对交颈的黄鹂

且将我心
放逐于林海亭
放逐于溪中溪
放逐于潭中潭
放逐于波光柔蔓的醉乡
即便日暮孤寒
终有一缕笛音相伴：
小住为佳，且吃了赵州茶去

曰归可缓，试同歌陌上花来

2008. 2

　　＊俗称"九溪十八涧"，位于西湖西
边群山中鸡冠垅下，北接龙井，南贯钱
塘江。沿途山色葱茏，溪流夹道有声，
水流湍急处，云雾迷濛，好似青烟缭绕，
故名"九溪烟树"。

万松书院

一出永不落幕的戏
被赋予了世俗
蝴蝶，你斑斓的翅翼
在一根琴弦上
无休止地颤栗

你以温婉
说出清瘦的相思
涧谷含露的兰草
以翩跹
说出短暂的欢喜
那沉浸于书香的爱情

你以浣云池的泉
说出暗许的良缘
松林斜漏的光影
以紫竹说出
玉扇的坠
双照的井
那十八里相送的长途

需要通过多少比喻
才能托一路流水

将关山阻隔的音阶送抵

需要通过多少叮咛

才能让被相思戕害的人

不再弃了百花的前程

你以万松岭的长风

说出爱与哀愁

以绚烂说出宿命

凤凰台乍暖的烛火

以蒙尘的菱花镜说出虚无

说出命运不过是

楼台一场痛定思痛的诀别

两只蝴蝶

翅膀涂满庄严的釉彩

一对羽化的情人

在南方阴柔的唱腔中

一直缠绵地，送来送去

2008. 2

*原为唐贞元年间所建报恩寺旧址，明弘治十一年辟为万松书院，是杭州规模最大、历时最久的书院。同时也是民间梁祝传说中同窗共读、十八相送的故事发生地。

云栖竹径

现在，我要取道回家
草鞋笛杖，长发缀满星辰
请将柴桑打开
所有的窗子通往仲夏
青青竹影
摇曳成一行行俳句

我追随你，宛如一尾鱼
潜入流水的笙箫
寒烟往事，青翠如玉
一径绿海，千顷琉璃

曾经，孤独是我唯一行囊
浪迹的足踝沐尽流霞
你泽被千年的恩宠
宛如洗心池擦亮的鸟鸣
让我身披清澈
心中微感异样

请允许我用目光

抚摸你玉质的清韵
墨绿色云间斜漏的微光
那神秘颤抖的火
是曾经耀眼的青春
炉火边阅读的文字
多少年过去了
依然沁入心脾

请用五云山的薄雾
收留一颗飘泊的心
思绪任白鸟低衔
淡淡炊烟宛如弥撒
徜徉遇雨亭的黛瓦
回龙亭的绿袖
请允许我爱你
像一个疲倦的旅人
爱着世间唯一的村庄

现在，我要取道回家
那闪闪发亮的幸福
一定在等着我回去
你将看到三千里外的雪
于天黑前飘落

落在一首诗里

饱含前世的温情

我将很快抵达你的身边

宛如云栖竹径

2008. 5

    ＊位于西湖西南五云山西麓云栖坞，
山顶常有五彩云霞缭绕，经久不散，故
名"云栖"。

龙井问茶

你愿不愿像一尾鱼
游入我的波心
我愿以这样的痴情
让体内的血为你欢快奔流
纵然你似春雨突如其来
我愿用唯一的纯净
为你荡起清明的涟漪

你愿不愿像一阵风
徜徉我的梦境
我愿以这样的痴情
让连绵的山为你空谷传音
纵然你似流云转瞬即逝
我愿用唯一的热量
为你温暖惊蛰的身躯

你愿不愿像一道光
亲吻我的额际
我愿以这样的痴情
让山涧的泉为你畅怀歌吟

纵然你似烈焰将我蒸发

我愿用唯一的赤诚

为你烹煎销魂的诗句

你愿不愿像整个江南

与我相濡以沫

我愿以这样的痴情

让西子的水为你魂牵梦萦

纵然你似钟磬将我淹没

我愿用唯一的想像

在天堂与你结为一

2008. 5

　　*龙井位于凤篁岭上，泉源茂盛，古人以为龙之所居，故有"龙井"之名，与虎跑、玉泉合称西湖三大名泉。

八卦春色

从今起，我要做一名农妇
将长发挽起，腰系布裙
在南宋皇帝躬耕之处
开垦我的爱情

且让我以山脚，谋篇布局
以爱为乾，以情为坤
以鲜亮的油菜花色打底
以春的二月兰
夏的半支莲，细细构勒
恰似字里行间，遣词造句

且让我预先设一个伏笔
以青山为阳爻，绿水为阴爻
播下大麦小麦和荞麦
播下丝瓜萝卜和椰菜
让它们在江南酝酿、灌浆
一点一点油绿

我要栽樱花、桃花和雏菊
紫藤、丁香和月季
开垦半亩桑园
让晨曦透过窗棂

洒上屋后的豆角和辣椒

让这些美丽的作物，开花的开花

灌浆的灌浆，结果的结果

且让我以一辈子不被污染的寂寞

弯下腰去，用渐渐生茧的手

小心伺候，听它们在光合作用下

发出沙沙声响，有若风吹稻浪

我将恢复清澈与单纯

我将保持低调与谨慎

油菜花开时

且让我坐在大片幽深如海的

亮黄、草绿、粉红、粉白、粉青和

梅子青中

痴痴地想：

看你如何走出

我种的这方田

2008. 6

　＊八卦田遗址位于玉皇山南麓，相
传南宋高宗皇帝曾亲身躬耕，为杭城农
耕历史文化之见证。

文澜阁

雨来自遥远
来自竹片与残简
一种虚无的静
于灵魂剥丝抽茧

雨落上御碑亭
落上昔日皇家藏书楼
灰暗的光比白昼更亮
濡湿一抹塔影
半湖月色，几声夜莺

并且，顺着树的根须
通向了诡异
睫毛般清丽的行道树
发出阵阵细碎声响
似坚硬的书脊撞响骨骼

一滴雨就是一次抵达
一次被抚摸的渴念
秋天的心情四下流淌

随手指间的孤独游走

缓慢上升，盲目而专注

重要的是如何面对雨

面对这凉如光阴的吻

细沙般绵密而疯狂

终此一生，只为在浮世

留下淡淡一笔

何必四海觅知遇

几人读君半部书

2008．8

*在孤山浙江省博物馆内，建于清代乾隆四十七年（1782年），为全国收藏《四库全书》的七大皇家藏书楼之一。

双峰插云

拥抱，或永不相见
别这样默然相对
若两座山峰
寂寞入云
掩埋于风声
一次次割裂的嘶鸣
于朝霞中，薄暮间，彩虹里

仿佛两棵树，一出生
便站成了这样
彼此牵挂
又彼此克制
枝桠挂满晶莹相思

若是风来
便将蒙眬心事
说给白云听
若是风不来
便将浓淡思念
托付给鸟群

197

拥抱，或永远消失

别这样默然凝望

若两座山峰

俯首苍茫

承受着雷电

一次次分崩离析

于光年中，宇宙间，尘埃里

倘若这一秒能相拥而泣

何惧下一秒便化作粉齑

2008. 11

　　＊南高峰位于西湖西南，北高峰位
于西湖西北，两峰遥相对峙。春秋佳日，
自西湖舟中远观，岚翠雾白，塔尖于其
中时隐时现，景观独标一格，"双峰插
云"由此得名。

菩提精舍

北山路 45 号
一座面湖临街院落
黑色瓦楞泊着枯叶
玻璃钢构勒恍惚天井
亭台楼榭被风雨洗礼

一片铅灰色的云泊在空中
此时，傍山的一侧行人稀疏
傍湖的一侧影子迅疾
几个人走上对岸白堤
湖边一张椅子空着
没有人留意

你不妨扮作一名旧时居士
混同于青灰的场景
风雨莲瓣前，以菩提之心
静听湖水拍岸，似醍醐灌顶
一只鸟从空中向下俯视
枯枝擦落的声响
恰似笔尖夜晚孤寂滑行

199

光线西斜，多少年过去了

它为谁在走动

一如屋外那面湖

多少年过去了

它为谁在流连

晦暗是水磨石渗透的迟疑

你是否从自己的脚步

和山水叠影里

照见天地间的真理

看明白一个人降生于世

因什么而来，又因什么而去

北山路 45 号

人说三世修炼方能居此

那么，需几世修炼

方能在此聊天品茗

这个问题

连隔壁坞瑙寺内那株蜡梅

也不能确定

2008. 12

＊位于北山路 45 号。原为民间居士修
行佛法场所，建筑精雕细琢，中西合璧。

岳墓栖霞

别了，我的栖霞岭

你苍茫的雾霭

依然披覆于

我潇潇雨歇的胸臆

有若钱塘潮泣下，力拔山兮

八千里路云和月

三十功名尘与土

翻滚亘古汹涌绿焰

别了，我的中原

你辽阔的翠屏

依然耸立于

我血脉贲张的记忆

有若沧海一声笑，天日昭昭

怒发冲冠的古柏

仰天长啸的石马

静候豪雨雪耻洗刷

别了，我的岳家军

你北伐的蹄声

依然澎湃于

我寒夜惊回的梦境

有若残月映鬓发，披衣绕行

于饮马与磨剑处

疾风张扬

长车踏破贺兰山缺

别了，我的慈母

你铭刻的字迹

依然炙烫于

我伤痕累累的背脊

有若啼血的青鸟，秋风起时

别再痴等儿的跫音

我踉跄的步履

一直跋涉于回家的长途

别了，我的妻儿

你故园的炊烟

依然飘荡于

我芳草离离的净土

有若墓前的苍柏，壮怀激烈

王师北定中原日

请设一壶好酒

我会在九泉笑谈渴饮

别了，我的知己
你温柔的湖水
依然包容于
我一腔莫须有的激情
犹若十二道金牌，义无反顾
这昂贵的自焚
只为供你慢慢欣赏
似血残阳满江红

2008. 12

　*岳王庙在北山街北侧，栖霞岭南麓，始建于南宋嘉定十四年（1221年），塑像上方所悬"还我河山"横匾系岳飞手迹。

戴望舒故居

他来到世间是为了遇见一个人
一位丁香一般结着愁怨的姑娘
春天到来，雨水袒露绿色火焰
可是她自远方捎来的迷濛讯息

撑着油纸伞，他徘徊悠长小巷
脚步轻柔，仿佛害怕将自己从
梦中惊醒，斜风细雨洒落清寂
像他的落寞被光阴一天天缠紧

他知道她定然也在将自己找寻
她的灵魂有着他所熟知的忧伤
似岩中花树，怒放于残垣颓瓦
让他反复心跳加速，泫然欲泣

有几次他几乎捕捉住那个幻影
一滴跌落江南风中的晶莹露珠
她的眼神明净，带着紫色叹息
如同春天谱写的最凄凉的诗句

他将轻轻握着她的手娓娓讲述
像一位苦难水手重返迷失家园
他将带着她回到他的出生之地
那一片湖水该是他们温柔眠床

他将与她生儿育女，养鸭喂鸡
清朗月色下紧紧拥抱流泪亲吻
整个过程充满忧伤却无法停止
直到微凉的薄雾吞没荇藻柳枝

他来到世间是为了遇见一个人
在天堂邂逅一位丁香般的姑娘
哦，她在哪儿，长得什么模样
他徘徊复徘徊一生未走出雨巷
2009. 3

＊以《雨巷》一诗闻名的现代诗人
戴望舒的祖居，位于上城区大塔儿巷，
东起皮市巷南段，西至下华光巷，全长
156米。

苏东坡纪念馆

昨夜，我又梦见了雨
从望湖楼上阵阵飞坠
转朱阁，低绮户
似酒醒寒惊梦
苍茫十指笼住的笛音

每一颗雨
都是柳莺啼出的诗
感花岩隽刻的词
溅起满湖珠玉
似春宵一刻
这人间唯一亮色
映照已然早生的华发

那里曾有我旷世的柔情
我的《满庭芳》和《念奴娇》
菰蒲无边，荷香四溢
山色空濛雨亦奇
让我在水调歌头的赤壁
夜夜唏嘘，一樽还酹江月

一场下了千年的雨

依然挂在屋檐

当桃花的符咒漏进窗棂

她是我眼中一滴怔仲的泪

这纯情的处子

至今未流到腮边

倘若一切能够重来

我多么愿意

放弃仕途和名句

与她厮守

一分流水，二分尘土

三秋桂子，十里荷香

此心安处是吾乡

2009．3

＊位于西湖苏堤南端。苏轼
（1037—1101年），北宋文学家，字子
瞻，号东坡居士。一生两度仕杭，在任
上除心系民瘼，其中苏堤即为其当年疏
浚西湖留下的杰作。

李叔同纪念馆

落日中的云几乎是虚幻的
似一次春寒料峭的问候
长亭外，古道边
枯涩的弦声送别知己

"看明湖一碧，六桥锁烟柳
塔影参差，有画船自来去
垂杨柳两行，染绿长堤
扬晴风，又笛音悠扬起"

我反复思量
你写下这些词句时
眉额间流转的柔情
一位翩翩佳公子
为何在三十九岁那年
将肉身刻于顽石
将红尘大梦
托付给青灯黄卷
一轮仰天圆月

我反复思量
你于虎跑寺雪地上
踽踽的独行
遁入山门的刹那

208

远山、稻田和古杉

是否如徐徐收拢的折扇

咫尺天涯

出家的人

人生究竟是一场梦

还是一出戏

天之涯，地之角

谁是你的红粉佳人

谁是你的神仙眷侣

世间胶着的一切

是否能随一瓢浊酒

深埋于虎跑潺潺的宁馨

因为懂得，所以慈悲

出家的人

世界是你弥留之际

眼角涌出的那滴清泪

2009. 4

*位于虎跑寺内。李叔同（1881—1942年），浙江平湖人，近代艺术大师。年轻时曾留学日本，归国后担任过教师、编辑等职，后剃度为僧，法名演音，号弘一，晚号晚晴老人。

惜别白公像

让我再逗留一会儿
在绿杨阴和白沙堤上
再走一走，我的步履
因心头的眷恋而日渐沉郁

这是典型的南方初夏
青山温婉平仄
湖面小舟荡漾
柳枝似沾酒的青旗
拂过孤山寺和望海楼
拂过伍员庙和苏小家
仿佛长吁短叹的命运
落满我黯然失色的青衫

无数次，我伫立湖畔
俯身她新嫁娘一般的水色
那无法忍受的美
像一位落魄的书生
倾慕的目光收不回去

更多的时候，为了瞬间

我常常要求自己铭记

以恣肆的笔墨

捕捉她的霓裳羽衣

由于用情过深

以致受了内伤

让我在绿杨阴

和白沙堤上再走一走

直到满足于一首比《琵琶行》

或《长恨歌》更抒情的诗篇

满足于世间

永恒的因果与陶醉

我的心仍在盘桓没有归宿

我眷恋她红似火的花

绿如蓝的水

浮现于帝国唇边

单纯的娇媚

花非花，雾非雾

召唤人类与生俱来的

渴念与孤独

仿佛季节深处的暗香

在异乡的羁途将我年年击伤

一千年后的人呵
当你走在绿杨阴
走在白沙堤
请记得代我问候
那只啄新泥的春燕
那只争暖树的早莺
2009. 5

＊位于湖滨景区，平海路与湖滨路交叉口附近。唐代中期诗人白居易（772—846年）任杭州刺史，曾主持疏浚治理西湖。两年后任满赴洛阳，出现"杭老遮车辙"的感人送别场面。

法云古村

有一天你我不再年轻
儿女都已成人
我们要去世外桃源
慢慢过剩下的日子

我们在中国最美的湖边找到它
一座只在梦中见过的村庄
阳光恣意流淌
茶园层叠，竹林波浪摇曳
树叶的步履几近凌乱

我们在此安营扎寨
深居简出
在公鸡打鸣声里起身
安置好青韭、豆蔻和凤仙
赶在雨季来临前
为黄泥墙铺上厚厚蓑衣
屋顶上升起人间烟火

我们以当地遍植的古树
为时间命名，将每个日子
刻入树木隐忍的年轮
听空寂庭院，时间锯着木屑

当着桥畔那株绽芽的枫香
将彼此的手攥得更紧

我们的床仿佛大雄宝殿
上的莲花宝座
总是被云雾和呢喃烘托
仿佛我们的爱
历经漫长岁月却从未厌倦

我们喝日光煮的南瓜汤
月光煮的小米粥
夏季，用井水泼湿庭院
瑞雪飞舞时，我们踏雪寻梅
我要趁你不注意，躲在银杏树后
看你拄着拐棍，惊慌呼唤我的小名

多年的静谧改变了我们的性情
像两只栖息之鸟
即使不说话，彼此也凝望很久
直到风中捎来永福寺的唱诵
眼中渐渐浮起泪花
将飞来峰下的簇簇野花
瞧成一片黄金

有天，光线在村子里

拐了一个弯

将我们的影子与秋天重叠

时间到了

我们相视一笑，牵手归去

你化作上天竺徜徉的白云

我化作下天竺翠绿的茶园

2009. 6

＊法云古村位于灵隐景区内，保留
有原汁原味的西湖山地民居风情。

卷五

亲爱的火焰
（2000—2003）

秘密的南方

一个少年翻越山梁

他的胸膛推迟了黎明

——《薰衣草》

庭院

谁能解读命运的魔法
废墟或奇迹，人工或天然
谁能解读一座庭院的黄昏
梅花的暗语，比石头更经典

雨提供抒写的意念，胸中块垒
穿透暗淡书房和千秋诗卷
猝不及防的欲念
构成劫后余生的痛饮
像她惊讶的一瞬：
一场比春天更脆弱的阅读

风是一双游移的手
于满目疮痍之间兜兜转转
雨水深处，红尘止息
一曲旷世的行板
打动暮鼓与晨钟

谁能解读生命中的一场旅行
像一滴雨遭遇另一滴雨

像一座庭院此刻高贵的孤寂

呵

最后的亭台楼阁

最后的小桥流水

最后的良辰美景

2000．3

变奏

一场雪来自另一个冬天
像凌乱的表情，被放逐的美
像隐约的序曲在城市上空

在城市上空
陌生的景物渐渐转变
时而游离，时而热烈
最终被银色的火焰
所吞噬，那旋转的序曲

天使的序曲
通过舌尖抵达内心
你被一棵去年的树认出
却无法提供相应的细节

一场雪来自另一个冬天
天使的肩胛渐趋完美
你从镜子里恢复着自己：
一堵墙对另一堵墙说了些什么
2000. 3

221

故居

有人拾级而上，有人还在张望
初春，目光的轻衣翩若游魂
越来越细微的骨骼
于黄昏的尘埃中弥散

寂寞如初，寂寞的陈设闪烁光阴
仿佛曲终人散的瞬间
不朽的寓言，滚烫的书信
追逐落花而去
一轮翡冷翠的新月
收敛蓝色通透的天顶

春天在又一个屋檐下苏醒
像水的痕迹，比血更刻骨：
我们为什么丧失了一生安宁？
风声环顾四周
又向远方飞去
仿佛嘎然而止的命运
膝盖上的滑翔
与旋梯深处的叹息一致

二月，树梢挂满露水
后花园日渐消瘦的歌声
在人间变冷
2000. 8

洗礼

黑夜有更深的湖水
当群山安泊，鸟兽还巢
更深的湖水，将我的身心攫取

多么美好，我的怀抱一片芬芳
从未见过的花朵
开放在丝绸水面
鸟儿在云端滑翔

请用最虚无的旋律，反复吟唱
让风暴暂时撤离
因为这里的每一寸肌肤
都期待深情舒展

我渴望黑夜灭顶的洗礼
之后是枝叶曼妙的起舞之声
可是为什么要屡屡醒来
蜕回到一个带壳的生命

2000．8

一夜

享用不尽的一夜终于远逝
新雨洗濯黎明的脚踝
一缕无可名状的琴声
吹动白色衣袍的腰肢

这是春天第一次失眠
病中的女子临水远眺
她胸口的蝴蝶被散漫的风
所确认，她易于伤感的面容
惊动樫鸟和镶花的诗帕

一脉相承的旋律在镜中上升
天堂的女儿贡献着激情
黑夜的长发，白银的锁骨
呼应月亮和雨中消遁的马匹

玫瑰。玻璃。幽深和迷乱
早衰的知情者返身与加速
风中的灯盏，烁动的芬芳
从浓荫到浓荫

225

构成春天最旺盛的合唱

享用不尽的一夜终于远逝
新雨告别最后的码头
她知道提琴手已于粉碎的音乐中
起飞
没有一种黑暗能与她的黑暗相比
2000.9

时光

最后的美景是虚弱的春天
我在孤雁的长途上倾听风水
一行深浅的印痕
仿佛冷清的夜晚转动的唱针

不能指望的幸福总是很短暂
树叶的形体，在脱离空气的瞬间
破碎
抱恨而眠的花荫
打动多少守灵人残损的心

这是一个商业恣意嘲笑的年份
少女们在小报头版征婚
脸蛋像新铸的钱币一样光亮动人
艺术是挂在酒瓶外的
残留泡沫。谎言是屡试不爽的谶语

最后的美景，大师早已远去
谜语还在继续
那些沉默如砥的日子

在空树枝上躲闪，仿佛铜镜中
飞走的天鹅，多么轻盈、无辜
我看见春天的白袍子在山坡上一闪
就不见了，盲孩子的眼眶滚落下石头
2000．9

没有屋顶的房子

这样的夜晚，即使在梦里也会惊醒
雨水像一些陈年往事
闪现，发着骨髓的幽光
你听到透过岩层的风
如何将冥和的躯体轻轻吹折

你不能确定这是真的
就像许多丧失已久的歌
你知道在时间中谦卑地生活
有助于延缓日渐衰老的记忆
你试图重新爱上这个世界
就像爱上一场古老的骗局

这样的夜晚，即使在梦里也会思念
雨水落下
像一首微微发凉的时光练习曲
烘托夜气与火焰似的鱼群
而你几乎已伸手触着那句梦呓：
我的房子没有屋顶
雨水落进我的心里

2000．10

229

沙之书

我觉得是那些，难以的唤回的青草
在摇撼我的肩膀，在摇撼着我
从三月的木槿，到十一月的锡鸟
当流星滑过，天色像逐渐暗淡的阅读
黑暗中的人，穿过空无一人的花园

寂静让无声的事物说话
点燃夜色，这匹冷峻的黑马
已负载我们狂奔了多久
搅拌机在城市上空喘息
一颗黑暗中浸泡的心，被突然攫住
灵魂的尖叫浮出水面

需要付出多少青春，才能使歌唱者
不再被圣洁的歌唱摧毁
需要虚掷多少泪水
才能使梦想者领会，比翅膀更高的
位置
沙漏下的生活意味着什么
它是一个渐趋愈合的伤口

抑或是一封从未发出的信
我看到的那些难以唤回的疼痛
在摇撼我的肩膀
像一根即将燃尽的蜡烛
在日渐苍茫的山谷中，丢失了自身
2000．10

现实一种

穿过天桥的清晨
穿过落叶和书本
带灰尘的树在雾中呼吸
城市上空，潮湿的风在吹

秋天的情侣，在一块
淡黄色草坪上接吻
身后是医院洁白的投影

那片朝南的湖面，水草在舞蹈
提琴手从碎裂的乐符中起飞
进入自身的黑暗

阴影之中鱼更欢畅
阴影之中风更迅疾
一场雨淋透整个季节
一场梦使青春提前结束

穿过天桥的清晨
穿过流水和汽笛
巨轮已载着一生
最亲爱的，离开我们的生活
2000. 10

玛吉阿米

东方高高的山上，月亮正在升起
玛吉阿米，像一句隔世的谶语
被黄昏的云朵吐出

八角街尘嚣止息
大昭寺钟磬远扬
巧克力和酸奶
在海拔三千六百米邂逅

我想起一个古老传说
一个男子在夕光中搂紧他的女人
胸口的泪水，音乐般流淌
这是一个诗人的幸运和灾难：
爱着的人哪，执著是魔

而今，岁月的风雪已经摧毁了
一个浪漫主义者的城堡
就像落叶萧萧的流水，一旦老去
便不再回来。就像黑夜之上的金顶
北望着星辰

233

荒芜在内心深处不再回来

那是秋天高蹈的莲花

弥留在音乐间的踉跄

却不能被布达拉宫收藏

玛吉阿米，传说依然

蓝天比海水更深

看得见亿万年前的贝壳

却看不见温暖的臂膀

就像雪域之上的灯光

此刻，正温馨得使人疲倦

玛吉阿米

什么是你我相拥的一场魔法

2000. 11

梨　她是荒凉的

一闪而过的光
像一种欲念
无法奉献的苦涩

她沉默，她飞翔
她思索
内心的刀光
与潜藏的姿态

睡眠时
她感觉自己被需要
虚无的唇
从任何方向
吞噬她

直到香消玉殒
直到进入另一个人的深心
像一个被禁锢的春天
获得最初的圆寂

2001．5

真实

那渐渐淡去的只是我，不是你
引擎开始启动，回忆气流般淤积
我抱紧阳光下的枝叶
像黑夜收拢残缺的翅膀

一丛忧郁的蓝花开在脚旁
几分钟前，它仍娇艳欲滴
此刻，却清冷得不忍目睹
我的指尖还残留着你的温度

我如何开始思念一个漫无边际的人
风的低语，提醒我活着的证明
你如何想象一个女子的寂寞
午夜道路般苍白

这是真实的存在，果实的一面
被光唤醒，另一面
埋进身体里哭泣
道路飘摇，一种加速的尘埃
将我们送返各自的生活

236

那渐渐淡去的不是你，而是我

冬天在你离去时降临

像缓缓飘落的最后一片树叶

你不知道阳光下的它有多么疼，多

么痛

2001．7

秋天的形象接近一滴雨

秋天的形象接近一滴雨
一滴从未见过的雨
一滴映亮整个傍晚的赤裸的雨

长满青苔的石头，从湖底
冉冉升起，像他的微笑
熟悉而亲切，充满空气的缝隙
像一种本能，一种放大的拥抱
驱使她抛开所有的冷漠
进入另一种秩序

整个下午
她在空寂的房间里走动
像一只受孕的蜜蜂
一阵恍惚而疲惫的风

秋天的形象接近一滴雨
一滴前世就已相识的雨
在它坠落的瞬间
将她与这个城市一同淹没

2001. 9

薰衣草

一

薰衣草，梦一般的身体
开在黎明的大地
梦一般的芳香
飘在普罗旺斯的风里

风中的唇齿被黑夜打开
风中的泪水被白昼亲吻
风中的缱绻，汇成一场倾城之恋

那是两只丁当作响的酒杯
那是原野上翻滚的麦浪
那是深深的山谷中连绵不绝的呐喊

薰衣草，这个冬天感受你的蜜
像风中花，花中蕊，落满发梢
像波提切利明亮的花瓣烘托海水
像一道灿烂的阳光贯穿赤裸果园

二

冬天的亮星从大地升起

239

枞树林燃烧的烈鸟

比雪地上飞奔的驯鹿清越

比雨后旷野的第一滴鸟鸣悠远

啊，冬天的亮星！

这荒芜人间最后的盛宴

两匹丰盈的驽马在午夜垂泪

秘密的南方，一个少年翻越山梁

他的胸膛推迟了黎明

他的目光被月下的清泉深深爱上

冬天的亮星从海中升起

病中的女子恢复记忆

那是她的玫瑰，独一无二的玫瑰

命中注定的爱情夺眶而出

三

爱情的第九夜

有风穿草而过，他们相拥

风将影子投在峭壁上

如同在钢琴上的即兴弹奏

太阳消失，云朵在深处颤动
啊，小小的百合花的闪烁
她的勇气使她的浑身闪闪发光

海的微息中，潮湿的鹿腹
驱使风暴再次光顾
晶莹的海滩燃烧着木头

他朝着她，目光保持坚定
爱情的第九夜
他们没有自尊，没有羞愧
朝着宇宙最初和最后的归宿

四

像一场悲剧闯入心灵
她无法躲藏也无力抗拒
奔跑的驯鹿，满怀哀伤
被一支秋天最深情的箭命中

天堂和地狱一齐歌唱
福音和挽歌将落日浇淋
那长久沉默后飓风般狂野的柔情

她为他献上舌尖的舞蹈

脚趾的黄金，她为他献上麝香

那烙在历史胸口暗红色的胎记

像一场美梦闯入心灵

她无法陶醉更难以平静

她捧起黎明的陶罐

赋予世界清泉般圣洁宁静的爱

2002. 1

雪霁

这些细小、优美的精灵
翻越了山梁
飘泊的形色向南迁徙

披拂暮色的人垂手而立
眼含沙粒、花瓣和水晶
时间深处，花园巨大的旋梯

像一种缓慢深情的叙述
不是寂寞的心灵
触不到柔情万种的手指

梦见她的爱情
那些细小而幽蓝的记忆
春天在风中摇晃：
世界有一张婴儿般的脸

披拂暮色的人
在汹涌而至的雪霁中
进入另一个时辰

2002．11

243

盛宴

必须有一道光撕破睡眠
为万物带去应有的尊严
层层海浪谷仓一般升起
天空放牧七彩羊群

必须有一滴雨落进记忆
抚慰黑夜飘泊的心灵
直到梦中的河流开始解禁
岩石从水中呼啸而过

必须有一阵风穿过书籍
叩问林间隐秘的暗语
即使大道上飞奔的蹄声
最终成为另一个世界的灰尘

必须有一朵花轻轻绽放
将死亡渲染成缤纷盛宴
让清澈歌声泉水般流淌
纯净的火焰更加纯净

必须有一首诗让春天复活

擦亮人间低矮的屋檐

仿佛一道闪电，一种爱

对铁石心肠贡献出全部热情

2002．12

水乡

一句柔软梦呓
摇啊摇，摇到外婆桥

长长的街，寂寂的巷
露水与青苔，明亮与黯淡
都是日常的袒露
一生的风飘来吱呀的船
载不动，许多愁

梦中的竹笛在吹
梦中宁静的流水
在雕花的门扉后变冷

一种比真实更虚无的叙述
一种比幸福更悠远的情愫

雾自深巷涌起
那是时光的伤口
将想象浸润
终点就是起点

246

归宿你早已到达

乌有的人
袖中笼着病雪
在不属于她的季节
进入最后的乡愁
2003. 2

新西湖

谁能在天堂的深处走读秋天

谁人的身影能将桂香留住

西湖绽开了迷濛眼睫

三百年前的柳枝如衣袂飞舞

该安排怎样一幕场景

白娘子的伞重觅爱过的雨滴

故事自然时空交错

情感依旧战胜理智

以及一场化作蝴蝶的爱情

人面在桃花的微息中复苏

我穿城而过

唯见烟波浩渺

西湖不再是一个地名

它使江南上升为一种哲学

风花或雪月，碧玉或柔情

它将漫长的时光浓缩成一台盛宴

一种隐语和象征

记忆不能改变照片泛黄的真相

一只夜莺低掠湖面

将唐诗宋词传唱

2003. 4

灰岩

有人在朝拜

也有人看见了恐龙之前的

海藻和菊石，珊瑚和百合

以及越来越纤细的生物

岩壁之上，万物收住各自的车辇

平安的夜，狂躁的夜

在同一个瞬间凝仁

海浪袭袭，亿万年前的合唱

倒扣天空下的蚁群

狂飙或岩浆，挽歌或天籁

在秘密的内部三起三落

风的暗语，使我意识到一只三叶虫

微妙的变迁：从春天醒来

进入时光漫长的昏迷

秋风啊秋风，造化在造化中延续

生命尽头，死亡豪华的歌剧仍在

排演

越来越纤细的人于风中沉吟

这石破天惊的爱情

是否已绝迹太久

2003. 5

致外婆

一

七月多么残忍

你在火中

我们在泪中

你是妩媚动人的

你是饱经沧桑的

你是惊世骇俗的

你是长生不老的

弥留之际的呢喃

我们似乎听清

你说过你不怕死

可是担心我们哭

所以我哭得不多

平静得连自己都觉得惊异

为的是让你放心

你所带大的孩子

已在一瞬间成熟

这回你真的出了远门

离开生活了

九十个年头的世界

无论走得多远

也跟我们如影随行

我们的体内流着你的血

我们的基因里有你的美

会有那么一天

我们终将相逢

你依然在路口守望

穿着那身熟悉的衣裳

只是，外婆

没有了你

我们将如何触摸故乡这个词

二

你面容的慈爱

光彩如少女

你生命的延续

停在柳枝和蝉鸣里

以及如此神秘的一种赐予

像注视着你的端庄，守在你

榻边的那一轮安宁

让死亡闪开

2003．7

卷六

无与伦比的美景

（1992—1999）

它的背景是一望无际的澄明
它的翅翼在排箫中脱颖
向着大海

——《蓝鸟》

颂词

当我在纸上写下这个词
你就是那盏点亮我的最宁静的灯

五月的露珠朴素、明净
花在风中落向大地
归家的路上
你是唯一使我热泪盈眶的人

就会有那些迢遥岁月
雨水的手指明灭于故园的柴扉
你温暖的蓝布围裙散发的古典
如同粮食，喂养我无知的一生

当我如一株淡绿色植物
被春天偶然选中，我永远无法说出
博大的天空与血液间
流淌的是怎样一种情结
消逝不尽的笛声中
我已谙熟你所有的皱纹

你的恩情是我的整个世界

从最初到最后

再远的地方也能感受

1993．5

童年

梦中的童年是一顶金黄草帽
浓缩露珠、纸鸢和燕子的呢喃
整个原野都在绿阴中旋转
仿佛最初的蝉声栖落老榕树下

梦中的童年是一匹青青竹马
分开雨水和三月的柴扉轻叩黎明
不归的蹄声，迅捷一闪
将荞麦花小小的爱情提前打湿

梦中的童年是一只白色大鸟
它飞翔的姿态使每一片叶子
都流出一种淳朴的音色
只是我们无法再次摇动手臂
将身体和思想变轻

梦中的童年是一道远去风景
载着流萤和琥珀的心事不知所往
饮风的稻草人
还在为谁护守那支炊烟的歌谣

1993. 10

257

荷

在这命定的时辰，荷
你抒情的手掌
使黑夜猝不及防

往昔的梦想在岸边结满芬芳
荷，这一刻我反复看到你
千年的羽衣被箫声托起
是谁在时光之外缓缓低诉：
风中的宁静是忧伤的

如果能够回首，那浪迹的旅途
你天鹅的翅膀
曾带我穿越春天的雨水
和冬天的灰烬
但荷呵，在微凉的风中
又是什么开始向我们逼近
而且你离开了一个日子
使我仅有的怀念更加空旷

真想在月光中与你共舞

真想与你厮守一生不变的莲蓬

荷

今夜，大地摇曳

冰块、碎银和疼痛

在远远的水面飘

1994. 2

神谕的诗篇（节选）

一

在一首古老的希伯莱歌谣中爱你
河水轻漾，晚霞如缎带萦绕
颂歌弥漫之际
我们是两枚高出斜阳的叶片

长久地在枞树林间漫游
我们感觉到风
越过记忆和奔驰的烈鸟
散发光芒的面庞
在星辰的领唱中进入圣殿

是谁拨响这命中之弦
雨，整夜飘进来
一种深入的飞翔
比美好更寂静
镜中的灵魂
因孤独而紧紧相依：
我将通过你企及春天的高度

这是我们存在的方式
在加速的黄昏沉入睡眠
并通过蜥蜴最小的触觉

注视我们的内部

二

我希望此时有风穿草而入
抚过果园与明亮蛙声
水晶的酒杯注满
比幸福更悠远的虚无

轻轻地降临，有如独处的音符
幽蓝色绸衣烁动幻美的轮廓
更多的时候
我是一件朴素而不设防的事物
我的灵魂是游荡的水珠

那点燃水的阳光依然释放想象
再生的玫瑰，从深渊冉冉而升
颤悸的火焰
在岩石和水中奉献美中之美

我知道这是真的：风的手
熟悉柳叶和海贝的语言
正如光明熟悉
那迷失在大地上的万物一样

三

午后的花园

美满的鸟鸣

在脱离空气的瞬间破碎

生活在一本书中多么安详

一滴水映亮孤独

一滴水隐藏起真相

一滴水使一个季节沦陷

一个人要经过多少飘泊

温柔的岛屿才能出现

在另一个人的梦境和悲伤之中

当乡村的歌者在诸神的黄昏

归于沉静，另一部分血肉

构成生活的另一种真实

我降临下来

像一颗沾在草尖上的露珠

在南与北无限的运作中

向最深的泥土渗透

1995.11

蓝鸟（节选）

一

贯穿灵魂的家园，曾经厮守的家园
我的目光已经充盈
我的归宿在更远的水面

当我披上褐色外衣
流落于城市的废墟
有一阵啁啾掠过冬天的左肩

悠扬得像起伏的潮水
漫过绿色长廊和乡村教堂的天顶
点燃失明的太阳

而今，音乐阻绝，音乐的背后
是荒芜的睡眠与半空凝滞的弹拨的手
果核在泥土里轻轻喊叫：
余下的日子将在遗忘中度过

同样深远的场景还在发生：
我站在落日巨大的

263

玻璃窗后，眺望迟迟未雪的南方天空
却记起丧失已久的某种旋律

它的背景是一望无际的澄明
它的翅翼在排箫中脱颖
向着大海

二

牧神的午后
天空弥漫似是而非的情结
淡蓝的羽毛
将我吸入静穆的中心

整整一天我一直独处
只要风一动，痛苦就会拥抱我
它们在纵情的海滨和草场演奏
消亡的速度使旋律愈加优美

这是十一月最初的日子
世界褪去斑驳的色彩
开满荆棘的花园内
我被城市中最小的一颗雨水蒙蔽
想起一些遥远的时日

美丽、伤感，却无从追忆
雨点落上我的面颊、头发
旋即又无影无踪
仿佛一场刚刚出土的交响
被消瘦的耳轮埋葬
而我，除了满目疮痍的街景
和日渐稀薄的爱情
已对周围一无所知

五

从此地到另一个地点
作为人的一生有什么不同
晨光在棕榈树上空舞蹈
如一次深入之后的缱绻

生命的花朵已经蔓延
而灵魂的居所依然孤单
流浪的人将随风而至的晚祷
收入行囊，匆匆启程

接下来是波涛与夏天的轮廓
白衣女子在黎明返回
此刻她的美在风中有增无减

她精湛的竖琴向众神宣布：
在第九回旋曲中，请把我带走

光滑的灌木，迷人的和弦
绿色的兽俘获清凉的诗艺
请把我带走，请把我带走
古老的海草赞美天使的沙岸

如一束颤栗的光透过雨林
一只火鸟于赤道腾空
此刻飘泊之人加深了寂寞
掌心的碎片推迟了黑夜

从此地到另一个地点
作为人的一生有什么不同
倘若星移斗转的岸边无人徘徊
除了夜莺再没有别的鸟声

六

请为我弹奏湮灭的神曲
请为我吐露最后的谶语
风暴止息的前夜
请为我打开镀银的锁

请为我暗示飞翔的塔楼

请为我隐藏纱丽后的玄机

浪漫的炼金者

请为我付出最重的代价

那出家的蹄声已接近山腰

世界之黑已达夜半

但是请为我交出昨夜的宝石

并说这一切都是真的

请为我呈现一个王国的盛衰

它的光荣与孤独

它的宫殿与喷泉

请接受我的登陆和漫步

请接受我的掠夺与背叛

1996．11

出塞

蜿蜒于戈壁的曲径
曾是琵琶上最幽怨的一根

丝路的驼铃，戍边的号角
携茫茫风雪而去
飞檐之下的月光
依旧护守着春风不度的残垣

再走一步就是曾经
一杯浊酒，两行清泪
再走一步就是来世
该得到的仍未得到
不该失去的早已失去

夕阳西下
断肠人刚刚念及阳关这个词
一场大雪便映白了他的头

1997．9

鸣沙山

旷远。一轮明月
降临静谧时空
风再起时，是什么
从驼铃深处迎面刮来

魂魄亦为之一凛
好似生命的纵放之声
负载千年的情结
顿释之后的虚空
什么也不复存在
除了记忆
湮灭的景致
比古道上的丝帛和玉器
还要昂贵

风沙为谁而鸣
苍凉金字塔下
飘泊者俯首获取前世的砂器
1997．9

269

月牙泉

黎明向着神话深处推进

虽然沙漠之上仍是黑夜

当光芒渗透黄金之树的阴影

飘飞的衣袂恍若彩霞般变幻招展

彼时，迷人的龟兹已经奏响

东方的沙暴尚在酣睡

洞窟内，佛像的微笑渐渐剥落

三棵树的颈部开始流血

在时空铸入宇宙的瞬间

一滴泪水烈焰般跌落蒙难的星球

1997. 9

交河故城

繁华已远，车舆商贾
俱随亘古风云流散
不设防的王国
只有漠漠黄土
对峙苍穹

如此的原生态
却没有任何一种色彩
可以与之相媲
以及这戈壁之上的积淀
飞鸟也无法逾越的神话
令秦砖汉瓦，黯然失色

而一丝神秘的琴韵由远及近
炙痛梦魇与人面兽身的陶俑
让我怀想九月的太阳
依然两千年前似的滚烫
城堡内，公主幻美的箜篌
遗落成西行蹄声中的血色海棠

来于黄土，又回到黄土
绿洲的晚祷者
匍匐的发辫如夕阳四散流泻

1997. 9

丝路（节选）

一

就像神话的延伸部分
精致的塔尖，斑斓的手鼓
如一段散佚的铭文
被岁末的云朵烘托

尘世巷陌井然
风在记忆边缘徘徊
但是为什么有缕缕异香
缓缓催发南方黄金的眼睑

就像沙漠上隐现的海市蜃楼
满目生机，又无限荒凉
月光之下赤裸的枯树
它不可名状的光彩
仿佛我所营造的言词中的宝石
被提前的风暴送抵
哦，在伊斯坦布尔的海滨
在达达尼尔的上空
微风正怎样吹送着纱丽后的玄机

272

转身的瞬间已知无法忘怀
当背景切换，泪珠臻于完美
有谁能够留住这一切
连同沙漏之下的乐章
又有谁能够铭记这一切

从东方到西方
从一个呼吸到另一个呼吸
我隐入星象的舞蹈
并为大地上丧失的投影迷失

二

此刻，无限的时光流动
雪莲和青草，结伴而行
又一个黎明
将飘泊者送回反复的生活

我，一个被风追逐的人
一个企图逃避炽热
来盗取火焰的人
迟暮的青春
仿佛海水咬紧的苦涩

反复有白昼在迫近
反复有黑夜遭流放
反复有暗哑的羌笛
抽打月光下斑驳的心
呵，无边遥望的残垣
呵，无边遥望的草色

这个春天，飘泊者的脚步轻柔
它有着不真实的美丽
却几乎是真的

三

恍憾的钟楼，明亮的韵脚
是什么，令倒悬的树枝隐隐作痛

灵魂风一般焦灼
避开鸟群和不为人知的传说
天空说忧伤像一场暴雨
暴雨已止，而我的忧伤更深

以及我广袤深切的怀乡病
三片芦苇之上的箫声
像游移的手逼近脆弱胸膛

"花朵是黑夜的伤口
你是我的伤口"
梦的诵达者拈花而至
她神秘的口吻
散发着淡蓝色冰块的气息

雨水落下
雨水在岩石内部静静落下
人潮浮动的立交桥下
一边是倒伐的王国
一边是兴建中的废墟

请不要和我谈论春天
请不要向我述说纯粹的物质
因为一生竭力遗忘的爱情
事实上从未发生

四

剩下的流水是另一个黄昏
我在凋零的胡笳中默诵大雁
一行淡淡的薄暝
仿佛被压抑的面孔坚持复出

苏醒就进入回忆多么美满

然而更美的是持续到黄昏的宁静

戈壁缓慢的落日尽头

有人拾起一块陶片

有人掩面于阴影，越来越伤心

从风暴的中心渐渐撤离

消逝的过程又成为另一种凝聚

当内心的灯盏——熄灭

是谁在西风中弹奏不朽的主题

时光精湛的技艺中

灵魂之树正一片片凋零

剩下的流水还有多少个黄昏

倾斜的天空下

除了星星还有什么能够如此心碎地遍布

五

不知道你要把我带到哪里

让我看见沙砾、野花和倾圮的城

茫茫大地展开无字天书

把行将消逝的仙乐送抵心脏

如此浩渺，又仿佛前世所见
异域的胡杨林上空光亮一片
多么热烈的吟唱
多么深刻的泪水
因为孤独而洋溢着幸福的颤栗

阳关以远。三匹俯首的骆驼浑身金黄
断裂的红柳使时空伸展
雪线之上，掌纹的边缘
一轮猝不及防的月亮
酝酿下一场战争

不知道你要把我带到哪里
让我看见雪莲、刀痕和死亡的手迹
我所前往的世界没有黎明
为何处处都是阳光普照
1998. 10

凡高

一

古老的地板

欲望的亚麻桌布，窗台上的酒瓶

日复一日。这是他的家，他的房间

在他寒冷的椅子里

最疯狂的思想达到极点

二

夜晚，蓝色的木门后

线条原始的精灵前来光顾

明月出笼，褪色的睡眠之上

一种超验的丰收，像怒放的鸢尾

凌驾于他粗犷的单人床

三

这简单的木质的完美

令每一个造访者心地纯粹

一面镜子飘来它的孤独

那个捏着烟斗穿着旧皮鞋的人

在 1889 年深秋的麦田中守望鸦群

他黄金草帽下的脸庞
是巨大的太阳的一部分

四

一个人怎能躲过那永远不变的东西？
一个人怎能让转瞬的美在手中荒芜？
"我神志健全，我就是圣灵"
永恒的视觉中，那个苍白而瘦削的人
那个用纯黄和紫罗兰治愈大地的人
在颤抖的空气里，点燃亲爱的火焰
1999．2

海伦

她是一个花园，还是一个深渊
黑夜里我独自叩问
她是一个天使，还是一个魔鬼
抑或只是人类制造的
又一个传奇。从春天到春天
战争的烽火燃了又燃
古今中外，这样的情节
即使隐约难辨，也是惊心动魄
但我知道她存在
并且永恒
拥有不朽的魔法与灾难
以及令世间男人痛苦的全部
让城市沦陷，灵魂起飞
最重要的，我认为
她让人类懂得了美
以及由此所衍生的勇敢与献身

1999. 2

莫奈

一

潮湿的韵律，幽蓝的睡莲
清晨，在他经常漫步的金色池塘
光线像情蜓
在初夏晕眩的花丛间追逐

二

这丰盛的景致是他的心灵
而清新的叶片，沉醉的
色彩，是时间的魔法
来自黎明与黄昏的魔法

三

他支配着画笔
支配着身体的敏感部分
仿佛玄学家拨动琴弦
即兴的弹奏，在叶子上流淌
挣脱了一切有形和无形

四

光线在移动

仿佛音乐在持续

从冥想的雨水

到飘渺的紫藤花环

湖水的气息

比任何时刻渗透得更深

像一个人隆重的一生

重返极度的单纯

1999. 2

高更

剩下的是一座遥远的岛屿

阳光烘托的热带家园

它的气息在我的梦中涌动

它的形状是无数个色彩浓郁的晨昏

沿着未被遗忘的鸟鸣

那里有一片原始丰沛的土地

海水一样的时间神秘悠远

空气里夹杂着风暴的咸涩

在这灵魂的避难之所

黄金的肉体与蓝天映衬

狂野的笔触充满疑问

你知道那地方与幸福相似

却无法使欢乐长驻

对于高更，那持久地吸引我的

是那些被他用色彩爱过的女人

和他永远的异乡人身份

1999. 2

埃舍尔

万物存在于自己的序列

时间也无法改变

如同复杂的分子结构

目光与心灵的距离

你的面庞，在黑白的光线之中

阶梯一样上升

呈现出相互缠绕的欲望

和难以计数的疲惫

仿佛宇宙中一颗孤独的恒星

一场场荒凉的白日梦

每当我的阅读一旦终止

它的悖论又进入另一个身体

1999. 2

帕斯捷尔纳克

雾和雪，今夜赤贫的艺术家
在弹奏他神秘的琴
他颧骨的闪光，灵魂的细雪
于苦难中制造出地底精灵

黑暗中呼号的风
是比狼群更凶残的对手
在遥远的瓦雷金诺小镇
暴风雪就要来临

冬天的伏尔加河多么安宁
松针在夕阳下闪着泪水一样的光
分手的时候就要到了
诗人啊，你用语言的屋脊抵御寒冷
却无法抵御黎明的雪橇
载走你唯一的女人

风整夜扑打着木门
像尖锐的命运，被闪电击中的真理
炉膛内，最后一根枯枝即将熄灭

你乡村医生的手术刀
治不好人类的怀乡病

十二月的夜幕多么辽阔，雾和雪
喷射在饥饿的骨骼之上
像大地满含的乐章
高贵的艺术家
春天的野蔷薇多么遥远
夜莺在梦里歌唱

1999．2

萨福

萨福的夜晚，羊群归入羊栏
纯粹的拱门下
星光与露水在飞

希腊的山上，黑夜已经来临
黑夜升起的月亮
照亮黑色的屋顶

噢，这是海洋运送的丝绸内衣
这是众草抬举的羊脂灯盏
古典的丰仪仍在继续
樱桃树冠深处流淌出抒情之液

并在千年后的群山间
留下鸟的飞痕
有福的人啊
请俯身和倾听
寻找世间最高贵的祭品

希腊的山上，牧神在梦里吹笛
那颗众星之中最美的星
已隐入九月深处

1999. 10

287

埃米莉·狄金森

世界小得像一本日记

将她所有的秘密抱紧

她呼吸，她渴望，她沉吟

神秘的花园，蜜蜂的惊叫

仿佛灵魂大梦一场

这是她全部的幸与不幸

镜中的女人

扑朔迷离是她的色彩

要抓住那紧张诡秘的光多么不易

要保持住一个人的秘密多么不易

她的名声在死后远播

她的诗篇被全世界吟诵

但是这一切都不是她想要的

她唯一的遗憾只是

不能将一只小小的知更鸟护送返巢

1999. 10

卷七

听任夜莺
(1987—1991)

我仍将在地面劳作

在空气里沉浮

为一种平淡生活

快乐而充满感激

——《瓶花及其他》

二狗子

二狗子是二狗子他妈给取的名字

二狗子拖着长长的鼻涕

二狗子是我最要好的哥们

二狗子是个跛子

据说二狗子一生下来就这样子

二狗子他妈说真是前世作的孽

二狗子他妈不喜欢他

二狗子他爸也不喜欢他

村里的孩子们笑二狗子是个跛子

做游戏时老让二狗子当探子

二狗子跑不快

二狗子跑不快就被捉住

双手反剪腰眼里顶着枪把子

跑不快的二狗子一次在山上逮着一只野鸽子

我说这东西瘦不拉几的

白送我也不要呢

可二狗子乐得宝贝似地说它很快

就要变成世上最美的鸽子

于是二狗子一个劲地冲鸽子傻笑

291

于是二狗子一个劲地给鸽子喂食

一天鸽子忽然愣愣地瞅着我们打了
个圈

鸽子死时还腆着肚子

我说二狗子二狗子你别太难过

二狗子摇摇脑袋幽幽地告诉我

那鸽子也是跛子

好些日子二狗子没出来当探子

我砸他家门他也不开

后来终于在村头发现他

他的腿不知怎地跛得更厉害了

后来我外出做活去了

那天二狗子来送我

我们握了握手像大人那样

二狗子手心湿湿眼睛湿湿

我忍不住大声对二狗子说

那只鸽子是世上最美的鸽子

我知道二狗子现在还活着

二狗子二狗子

你听到我的声音了吗

1987. 2. 14

乡恋

这种时候
你不妨去田里走走

应该是春天
麦垄很软很湿润
你的思绪在空气里徜徉如风筝
那些苗们一律随风招摇
仿佛与你关系很微妙
这些都令你高兴

你就这样走着
走在田垄上脚步轻柔
不用顾虑什么，一切正常
你正不被人注意如同你不注意人
你只偶尔往嘴里塞些草本植物
学一头牛反刍着无可奈何

歌声吹在脸上滑腻得很
你记不清那管芦笛
怎么丢的了

现在，你只想脱了鞋下田
种一些自己想种的作物
或者就在田里
站成一株苗的姿势
叫天子自草丛中蹿起扑棱着
掠头顶而过
你看到某种快乐的疼痛
像麦子被收割一样溢满全身

你就这样走着
走在田垄上走在意念里
炊烟离你很近
鱼雁离你很近
抬起头，有蛙声十里
1989．3．2

享受孤独

有事没事
都可以上你这里坐坐
这很好

手中的钥匙已经熟稔
对你，我已经轻车熟路
关上门回转身
昔日缤纷之往事
在黑暗的触摸下
优美地竞相开放

你睿智的目光照耀我
一夜之间
我便长发如云飘飞若仙

我以一如既往的深情
供奉你的高贵
你的容貌质感如茶杯
气息温存如靠垫
晚报上每天的寻人启事

295

都是枉然，没有人怀疑我们
没有什么力量能够
把我从你身边带走
我的思念每夜向你泅渡

让我，穿过密密匝匝的人群
悄悄地悄悄地走近你
走近你像爱人一样发出呓语
你是我的生命，我爱你
1989. 5. 16

精变

旬然一声
巨大的冰峰发生千年之倒扑

一股灵魂迸裂之势
自生命之源而来
自宇宙之源而来，滔滔不绝
聚合成冰峰之气概
自天际砸下
无可遏止地砸下
拼织几世纪之梦魇
顷刻纷飞，迸裂如冰凌

你悲壮的生命由此得以蒸腾

竦身跃上云界，以全新的方位
俯瞰苍凉众生
无数座山峰闪耀尸骨之光芒
如枚枚毒针刺入灵魂
无数道暗流穿行于礁石
古道四周泊满凄婉烟雾

297

无数条水草作蛇形之舞
翻滚如沼泽，翩翩而舞
有和声于黑森林涤荡传颂
蔓延成冰川纪雄浑之呻吟

你的浑身发生了扑喇喇之错位
一簇白色烈焰自胸前焚烧
呼啸成一柱白光扶摇直上
响彻天界漠漠之殿宇
你美丽的羽毛开始纷纷四溅
悠悠坠落成稀禽般珍贵

你的生命因死亡而诞生
你的灵魂因悲恸而升腾

1989．5．20

三月

如翔的枝叶缀满记忆的领空
黎明的鸟声渗入松软的泥层
灰鸽子眼睛深处萌动这柔情
灵魂的羽翼清晰可辨

三月的天空歌在吹拂
喝水倒映一朵朵朴素的哲学
青青草地盛开童年的彩裙
结满竹笛、纸鸢和丁香一样的忧愁

我是春天最初的情人
迷惘的手指萦绕四季温存
感觉阳光
从七彩的涯边倏然而下
好听的声音溪水般润过胸襟
在忧伤随雪花消融的季节
我渴望依偎一张和平之叶
在三月的歌声中重返家园

一草一木都噙着深情泪水

黄昏的爱人已打马而去

清凉的月光沾湿单薄背影

我呼吸着草叶上

宁静而熟悉的气息

一种散失已久的亲情

就这样缓缓淌过心田

1990. 3. 12

栖息之枝

淡淡的雾霭
再一次降临鸟的栖地
眺望于无边的风景
温情如水悄悄蔓延

这是一方无人之境
黄昏的林地
记忆中景致依然
丛林空寂，芳草萋萋
我静谧如亘古之鸟
朴素地
散发一种暗色光泽

谁是我今夜的栖息之枝
黑暗中
不时有树叶轻触肌肤
微妙的感觉梦幻般真切
雾涌过来，一层一层
遮去记忆和冥想的天空
梦里树枝断裂的声音

今夜

谁的窗前缀满星辰

草尖上，透明的露珠迷一样颤动

教我神情专注

教我钟情于一首诗的抒情方式

一生的梦履

是否只为过往的风声停驻

我把身子探进空气

聆听雾水打湿羽翼的最初回音

1990. 3. 18

瓶花及其他

事实是我将远离

那些真实又生动的东西

瓶花凋谢

神情冷峻而凄清

春天抵临的窗口

我拒绝回忆

拒绝注视时间之外的任何东西

越来越多的日子

雨水将打湿草地

一种细微而冗长的声音

会让我铭记或忘掉

瞬间发生的许多事情

我将不再为安上一对假想的翅膀

轻易改变命运

月光下，干净的石头吐气若兰

鸟们正沉溺午夜的欢愉

宽大的叶片沉静舒展

仿佛友情的光辉

温暖而沁入心脾

我仍将在地面劳作

在空气中沉浮

为一种平淡生活

快乐而充满感激

这时候你来与不来

都不再是我忧伤或不忧伤的理由

1990．4．8

草地

打开尘封的窗

发现你们

这样绿绿地长满视野

长满荒芜已久的心

我用最朴素的字眼称呼你们

在春天

死去的枝叶焕发光辉

深入人心

我的愿望也悄悄拔节

飞出陈旧的墙

在四月的晴空下

与你们结为一体

现在，我纯朴、善良

浑身散发一种清新味道

现在，阳光照上眉毛

让我留恋万分

我重新看见鹰翼翱翔

鱼群游曳

还有你们轻轻的呼吸

在泥土里

见到你们真令我高兴

虽然等待

已耗尽我半生光阴

1990．4．12

恋曲

黄昏，你伴随第一场透雨
抵临那片思念的草地
蔷薇筑起的小小篱笆
延伸记忆
湿润的气流汇聚曹建
你的眼睛是夏日最亮的星辰
照亮我黯淡旅程

这是我飘曳的长发
草茎和麦秆般清新的心
在湛蓝天空下舒展
隽永而深情
轻风送来野罂粟的芳香
一只只金色飞虫
停在我们身边的花丛上
轻轻歌唱

感谢夏日
感谢这场黄昏的阵雨，让我们相遇
使我重新变成一个温柔如水的女孩

带走忧郁和十二月的大雪

你看原野辽阔悠远，芳草滋长

多么像一片巨大的慰藉之源

多么像你此时坚实的臂膀

让我噙着泪

幸福地沉沉睡去

1990. 6. 17

心迹

秋天使我们安宁

经霜的枝叶垂满静谧胸膛

灵魂萦回

于天空和大地间寻求慰藉

风揭开又一层记忆

鸟的低语，花的芬芳

于岩石底部隐隐而至

谷物与骸骨在泥土里齐声歌唱

在我经过的道旁

荻花往事一样纷坠

不可知的事物蹑足身后

果实于血泪中完成浸泡

一种生命的最终形态

从累累枝头向我覆盖过来

爱过了依然孤独

哭过了依然伤心

暮冬时分你掌灯归来

温暖一生的时光令人怀想

那时的我将倾吐一切

那时的你多么遥远

目光于终极处悄然滑落

晚风中我衣袂飘悬

干净的双手叠放在温暖的怀中

1990. 8. 23

秋吟

秋的叶片击打心扉
敲打漫山殷红的思念
我收集起昨夜飘落的故事
用回忆装饰寂寞的窗棂

天空再一次深邃高远
白云下微波舒缓安恬
我采撷来片片如幻的誓约
梦舟驮起的欢笑秾丽如旧

当沙风拂遍了古道原野
成群的麋鹿已遥感河谷的气息
我循着四季风奔跑不止
只留下夕阳中的守望遥遥无期

秋的叶片击打心扉
所有的梦想化蝶飞去
我俯首感谢上苍的恩赐
期待落叶最后一次静谧的收藏

1990. 8. 29

故乡

那是杜鹃第一声血光中的的啼鸣
那是燕子年年都要衔回的相思
那是驶离的汽笛中愈来愈真切的叮咛
那是一滴经年的屋檐下
将落而未落的涩重的泪呵，故乡

那是干草垛和星星雨编织的童谣
那是莲蓬蓬和烤地瓜弥漫的芳香
那是村头那条淌也淌不尽的小溪的欢唱
那是一杆衔在嘴角悠扬了整个
青青麦田的竹笛呵，故乡

那是外婆风中飘拂的白发
那是灶膛内跳动不息的火苗
那是蓝布围裙上印满的温馨梦呓
那是一双穿上就永远也
不愿脱掉的布鞋呵，故乡

那是清润的泥径徐徐铺展的希冀
那是锃亮的犁锄构筑起的热望

312

那是金黄的扁担驮起的喜悦

那是一碗火塘边浓得

化不开的醇香的米酒呵，故乡

1990．11．7

美丽的地方

我要去一个美丽的地方
城市的边缘
不受污染的空气轻松明亮
鲜花盛开相爱的山岗

我要去那里四处走走
带上你的祝福
沿金合欢指点的小径蜿蜒前行
听四周鸟声啁啾
铃兰弹奏动听乐曲
我拾起蒲公英失落的梦
用诗意吹送到很远的山谷

我要去那里四处走走
扶起被暴雨冲散的篱笆
用信念将它们重新捆紧，远处
灰色的树木高大、安详
矫健的麋鹿在
深深的灌木丛中静静穿行
水曲柳柔美的姿影波动

我喜欢看见阳光
穿透水底时鱼群欢快的凌跃

我要去那里四处走走
为小草试去苍白泪滴
黑夜从身边夺走的
春天将重新归还
告诉我不再忧伤
孤独的日子同样充满向往
当晨风鸽哨般拂遍原野
那漫山的色彩就是我们热烈的歌唱

我要去一个地方，一个美丽的地方
在夜晚安排美妙的重逢
现在，星空澄澈
月光莅临远方那座白色屋顶
这正是我启程的好时光

1990. 12. 15

白夜

当那些白夜开始显现
晨光微漾疲惫的船只
滞重的桅杆，水草飘悬
月光雾湿的点点沙滩
像我多年前承受的泪珠

我吟唱着一首歌飘向远方
在无人的海边
寻觅热带中最亮的十字星座
玫瑰花瓣填塞的空间
那些湮灭的灵魂，玻璃的愿望
在同一城市中呼吸而不再谋面
歌声如海浪撞击心扉
仿佛无数绽放又凋敝的花朵
它的意义早已越过开放本身

现在，我走在这里
倚靠棕榈
就着黄昏清点残余思绪
在太阳背面，和风驰荡

霞光再次以温润的胸襟囊括海面

那只童年消逝的风筝

正摇晃着向我诉说

在海水的下面和上面

或濒临死亡的边缘

就是你美丽而深沉的爱情

1991. 1. 2

漫游在春天的风中

漫游在春天的风中
雨水往事般沥湿发梢
远山静穆，麝香草的呼吸
在入夜的草尖散播

鸽哨的滑音，红唇鸟的歌声
伴淙淙记忆回旋而上
鹿的足痕踏芳草地而去
遗落了花期

那铺张在空中的巨大幻影
如鹰的羽翼静止于积雪之巅

漫游在春天的风中
怀抱泪水和诞生白昼的憧憬
冰雪渐溶，鲜花众放
长久渴慕阳光的心
在明亮的弹拨中轻轻跳跃

二月之风越过田垄越过起伏的田垄
我们相逢在高高的山巅交汇的目光是
黎明前温怯而惊喜的一瞬

1991. 3. 11 于上海复旦大学作家班

卢文丽诗歌创作年表（诗集七部）

《听任夜莺》（1987—1991）

《无与伦比的美景》（1992—1999）

《亲爱的火焰》（2000—2003）

《我对美看得太久——西湖印象诗100》（2007—2009）

《西湖诗雨》（2009—2012）

《西湖印象诗》（2012—2017）

《礼——卢文丽诗选》（1987—2017）

图书在版编目（CIP）数据

礼：卢文丽诗选/卢文丽著. —上海：上海三联书店，2017. 12
ISBN 978 - 7 - 5426 - 6155 - 5

Ⅰ. ①礼… Ⅱ. ①卢… Ⅲ. ①诗集－中国－当代
Ⅳ. ①I227

中国版本图书馆 CIP 数据核字（2017）第 300859 号

礼
——卢文丽诗选

著　者／卢文丽

责任编辑／陈马东方月
装帧设计／徐　徐
监　　制／姚　军
责任校对／陆秉熙

出版发行／上海三联书店
　　　　　（201199）中国上海市都市路 4855 号 2 座 10 楼
邮购电话／021 - 22895557
印　　刷／上海肖华印务有限公司

版　次／2017 年 12 月第 1 版
印　次／2017 年 12 月第 1 次印刷
开　本／889×1194　1/32
字　数／37 千字
印　张／10.5
书　号／ISBN 978 - 7 - 5426 - 6155 - 5/I · 1353
定　价／45.00 元

敬启读者，如发现本书有印装质量问题，请与印刷厂联系 021 - 66012351